误入热地

宁新路 ┃ 著

人这块热地，蚂蚁到死也不明白，
绝不该进入，是绝对的误入。

中国言实出版社

图书在版编目(CIP)数据

误入热地 / 宁新路著. -- 北京：中国言实出版社，2022.1

ISBN 978-7-5171-4027-6

Ⅰ.①误… Ⅱ.①宁… Ⅲ.①散文集－中国－当代 Ⅳ.①I267

中国版本图书馆CIP数据核字（2022）第020487号

误入热地

总 监 制：朱艳华
责任编辑：王蕙子
责任校对：罗　慧

出版发行：中国言实出版社
地　　址：北京市朝阳区北苑路180号加利大厦5号楼105室
邮　　编：100101
编辑部：北京市海淀区花园路6号院B座6层
邮　　编：100088
电　　话：64924853（总编室）　64924716（发行部）
网　　址：www.zgyscbs.cn　E-mail：zgyscbs@263.net

经　　销：新华书店
印　　刷：廊坊市海涛印刷有限公司
版　　次：2022年2月第1版　2022年2月第1次印刷
规　　格：710毫米×1000毫米　1/16　12.5印张
字　　数：170千字

定　　价：58.00元
书　　号：ISBN 978-7-5171-4027-6

目录

001 / 踏　空

006 / 淡　散

010 / 误入热地

014 / 坠　落

018 / 口　音

024 / 灰　条

028 / 溅

032 / 搅　团

035 / 怀　春

041 / 楼里楼外

045 / 乳汁的颜色

049 / 满天"祥云"飘过来

053 / 恋　别

057 / 叶黄叶落写意

062 / 花　花

065 / 一位先生的个性化生活

070 / 约一条江花谷寻芳

075 / 一个人的恋爱

084 / 梦遇绝美古韵

088 / 花　白

091 / 会当父亲的时候

095 / 荷花姑娘

101 / 那时候很慢

107 / 太阳土

110 / 清晨的彩虹

113 / 相思树

116 / 柳　母

121 / 槐　念

127 / 古茶情思

130 / 芦笙舞之夜

134 / 温情的傍晚

136 / 竹林里的情哥

139 / 人在西阳里

142 / 黄昏的"美餐"

147 / 情人节的玫瑰

150 / 世间最美的味

153 / 芭蕉林里的恋人

156 / 香　香

159 / 那个害羞的少年

163 / 云南女人

167 / 云南男人

170 / 两只爱情鸽

173 / 童年玩事

178 / 摘不完的苹果

185 / 系在心头的怀念

190 / 奶香醉人

踏 空

我身上有几块疤痕，几十年了仍盘踞在原地，看来不会走了。这些伤痕的来历很让人后怕，它是踏空摔伤所致的。

我额头的伤疤，是缝过十二针的深痕。伤痕高低不平，是伤口太宽缝线粗糙的结果，是伤口太长难以长好的缘故，还是伤骨后难愈的沟壑，弄不清楚。我对这疤心有余悸。好在它紧贴发际，显痕有刘海遮盖，不然会明摆在额头。这疤虽无碍大雅，但因有人猜疑，便有了点自卑。

那摔伤的惨痛瞬间有多可怕，幸而幼时没记忆，不知有多痛。我妈说，吓死她了。她说，我从老高的炕沿往前扑，一脚踏空头落地，栽在三角石上，头破血流，人似乎没气了。她往血口抹了把灶灰，摸身上有丝温热，赶紧抱起就往医院跑。

医院在十里远的县城，在没车的泥路上，母亲抱着我边跑边走。我的伤口仍在流血，她磨破的脚也在流血和钻心地痛。一路奔跑的母亲，豁出命来往医院赶。跑到医院时，母亲看我额头翻绽的伤口不再流血，身上冰凉上涌，就地软瘫了。抢救的医生对我发抖的母亲说，人还活着，有救。她听医生说有救，身上又有了劲，眼泪却止不住了。

伤口缝了十二针。医生说，血快流干了，再晚点就没命了。妈说，她跑到县医院那么远，也不知道哪来的力气。母亲的述说，使我的泪水往外涌。母亲抱着我跑了那么远的路，哪来的力气，我想象不出来；母亲如在路上稍有停顿，我就没命了。

　　我懂事后，有几次母亲摸着我额头的伤疤，仍痛楚地述说那次的踏空。虽是重复述说，她仍在掉泪。我初听母亲讲那踏空的危险情形时，吓哭了。我不敢想我的那次踏空有多危险，我便在炕沿上比画当时踩空头栽地的境况，炕沿"告诉"了我一切，那惨状让我害怕。炕沿的松木滑溜如冰，触脚便滑；土炕比我高，对三岁的我来说是悬崖；地面有磨出来的三角石，它会"咬"肉，何况是嫩稚的额头撞它。难怪我一头栽地，便皮开肉绽。

　　我摸我额头的伤疤，再从这光滑的坑沿，瞅那地上的三角石，想那头栽三角石的惨状，心就抽搐，伤口顿现麻疼感。这麻疼感，原来沉睡在记忆深处，是被我模拟摔落的刺激唤醒了。可见当时头栽地，是无法形容的巨大疼痛，是刻在记忆深处的惨状。

　　这个伤疤，自从被我的模拟踏空唤醒，每当有东西触及到它，风雨雪刺激到它，甚至镜子照到它的时候，会有隐约的麻痛感。这使我有段时间常爬炕头愣神，好奇栽下去的情形。好奇的结果让我越发害怕。这炕的高，对幼儿确如摔落峭壁，即使大人踩空栽地，后果也难料。这使我每当想起那次踏空就心涌惊悸。

　　伤痕留在额头不愿走，照镜子会看到它，梳头会碰到它，不经意会摸到它，母亲常会端详它。我知道，最在意的是母亲，母亲端详它的那眼神，仍让我感到有揪她心的感觉。她在我长大，乃至离家多年后，仍会说起我那次踏空的险事。她常说我踏空的事，是在不停提醒我，抬脚有危险，走路得长"眼"，踏空会要命。

　　人走在山川江湖，不料踏空难防。

　　我的腿和胳膊有块伤疤，为掏鸟摔伤。那次上树掏鸟，张六娃让我踩他肩膀爬上去掏。我没掏到鸟，张六娃就不情愿给我当"梯子"。我下树时他就把肩闪开了，我踏空摔了下来，被结实地摔到了龇牙咧嘴的树根上，扎破了好几个地方。我吓坏了,张六娃吓哭了。我问张六娃,你当"梯子"我掏鸟,是我俩说好的,我下树你为啥闪开了?张六娃说,你没掏到鸟,凭什么再给你当梯子!我无话可说,我也没法恨他。他似乎说得对,我没掏到鸟,让他很失望,他没有必要再给我当"梯子"。

尽管我理解了他导致我摔伤恶行的借口,但我害怕起那次的掏鸟来。因这几个伤疤不仅让我痛了很久,也在我身上留了很久。我从此再不敢让人当梯子。我感到若登高没有结实梯子,就不能上下,因为人梯好像靠不住。

这个惧怕,是我从一古墓里看到并印证的。脚踏不到铁梯上,不能爬高和下地做事。要相信梯子,绝不能相信不靠谱的人。

那座被人盗掘的古墓洞下,有几具白骨,考证认定是盗墓者的遗骨,是盗完墓的洞外盗墓者割断了绳子的惨剧。他们当时定是说好分工协作的,盗完即接;而洞外的哥们儿财宝得手后,却把洞口的绳子切断走了。

那绳是阴阳"路",断了绳子就断了下面人活路,那盗贼只好陪葬。这墓穴盗墓贼的白骨,让我对张六娃故意让我踏空的恶举恨之入骨。我们本是好伙伴,说好他当"梯子"我掏鸟,掏到鸟儿平分。可我仅是没掏到鸟,在他失望的瞬间,他就撤走了人梯,让我踏空了。可见人要让人踏空,就在对方一念间。

寒冬的冰酷似石般结实,可就在我看来实如石的冰上,我却踏空了。幸亏姐眼疾手快,否则我就不见人世了。姐说,那时我七岁,既痴又狂,抬腿就疯跑,要翻墙、要上天,不把前面的沟当回事!河沟刚结冰,冰下是急水,我要下沟滑冰。她拉不住,我踏破冰便落水了。沟里全是冰,她破冰费尽周折找到了我,待把我从冰沟拉出来时,我已满肚子冰水,人快没气了。活过来的我,一病数天又烧又拉,人瘦成了脱水的瓜条。她为我累和吓出了病,也一病数天不起,人瘦得脱了相。我问姐,你是怎么把我从冰沟找到的?姐说,砸冰找的,你命大,差点找不到了。

　　每当提起这事，姐总说踏空会要命，脚下可得小心。我说那么厚的冰，怎么会踏破呢？姐说那是"骗"人的冰，踏上就破。姐的话对，河沟上的冰会"骗"人。不管是初冬的冰，还是深冬的冰，河上的冰看是实的，冰下却是空的，总有人踏空落水或送命的。踏空掉冰河，就如同够不到洞口的那盗墓贼，能看到光亮，却爬不上来。

　　踏空由不得自己，它甚至会发生在好端端的平地上。

　　我在宽阔而平坦的田埂上信马由缰地走路，压根儿没料到会在这光溜的道上踏空，可我的脚却踏空了。这踏空是塌陷式的下沉，一脚下落，踩到了极软的东西，随着惊叫，数条硕鼠惊恐上蹿，脚腕被撕咬，脚脖被咬破。

　　是我踏到了鼠穴。这平而硬的田埂，怎么会有鼠穴呢？原来路是被硕鼠掏空了的，掏成了大空洞。可我纳闷，这田埂每天走人，为何偏让我给踏空了？我想不明白。

　　我年少时的几次踏空，都流了血，也留了深疤。尤其那次炕沿踏空，留在额头的不仅是伤痕，还留下了噩梦。我时常梦到踏空摔落，有时踏空在床上，有时踏空在房顶，有时踏空在云端等莫名其妙的地方，被摔得无影无踪。这是踏空惊吓的结果吗？定是。那久远的惊吓记忆，为何还盘踞在脑海不肯离去？是那踏空的疼痛与惊吓留下的伤疤吗？难道大脑也会有伤疤？想来定是。踏空的意外不可预料。

　　踏空之祸藏在脚下。成人后牢记踏空的可怕，虽对脚下小心谨慎，却还是发生过多次踏空。踏空过马路，有人把稻草盖在坑上，把我的脚崴了；踏空过台阶，我把脚踏到了底层，摔伤了一条腿；踏空过木板，那是实里藏虚和虫子咬空的硬木板，造成了皮伤和惊吓；踏空过山石，我从山坡溜了下去，差点摔成一堆肉泥。至于小的踏空，已不计其数了。因而，抬腿就怕踏空。想起踏空，心就颤抖。

　　人一生的路有多长，通常是脚"说"了算。脚下的路能走多长，命就会有多长。脚下最怕的事除了被绊倒，就是踏空。

能不踏空吗？有种可能，踏着云和空气行走。踏着云和空气，本身就在空中，那是永远也踏不空的。踏不空的人，那是真正的"踏空师傅"。

我不止一次做过踏着空气和云朵行走的梦，也梦到过满街的人都踏着空气和云行走，脚轻如棉花，从不踏空。他们称自己是"踏空师傅"，别人也叫过我"踏空师傅"。梦醒时对踏空行走非常渴望，很想成为"踏空师傅"。

"踏空师傅"不可能有，我永远也成不了现实中的"踏空师傅"。但我却梦见如今不愿行走的人越来越多，不少人在学做"踏空师傅"，尤其不愿把脚踏到地上走路，看到他们踏到高处又摔得惨重，就感叹他们演绎了最痛最惨的踏空闹剧，令人惊恐万状，庆幸不是自己。

淡 散

淡散，不关联的两个字，却在我脑海里呈现出两个关联的画面。画面的状态与意境引我沉思，也勾起我对亦物亦人亦事的伤感——那渐渐淡去、淡淡散去的美妙色彩和人间浓情。

有多少淡去和散去的事物让人忧伤，又有多少浓情厚爱的淡去和散去让人伤感。我常因落日时的一种状态而忧伤，也常因花朵凋谢时的憔悴容色而悲愁。

一轮霞光万丈的落日，无论用多生动的语言和多奇妙的颜料，都难以形容和描绘出它本身绝美的色彩，且世上的美艳和浓情，总是来去匆匆。每轮绝美的落日霞光，无不是在急切地忙着淡去散去。看那落日西沉时霞光淡散的时刻，是匆忙脱去它彩衣的过程。彩衣足有千层万层，是从耀眼的金色淡成深红、淡红、淡黄、淡白、淡灰、淡墨而散去色彩和身影的，是千万种色彩分秒不停地追赶和推拉着淡去散去的。最后的淡去散去很是无情，转眼间会淡和散成一片幽黑，一片魔鬼般的茫茫漆黑。

落霞淡去散去的转化，实在是散和淡互相厮杀又相互勾结的阴谋。每当我看到落霞在淡去中散去的凄凉，总是勾起失意和忧伤。自从有了对此情景的失意和忧伤，便不再敢观赏日落，更不愿看那渐淡渐散的霞光。

一朵美花的失容和凋谢，虽不是像落日那样在片刻间淡和散去的，却也是渐渐淡去、淡淡散去的。那七彩娇艳的花朵绽放出的绝佳色彩，给世间带来的是温暖、爱意、希望、光芒、想象、梦幻、激情。没有花娇艳的笑脸，世间淡然无彩，人间黯然无色。无彩无色，无美无趣，人的内心会寡淡如水，暗淡无光，便少了活下去的勇气。

花色给了万物喜悦和鼓舞，也给了人活着的意义和信心。花色的淡去散去，给世间带来的是冷落，给人带来的是凄凉。花色淡去的时节，会让人生起孤独、烦闷、抑郁、悲观，多少人被这淡了又散了的花色伤感得寡欢了。

花容的淡去散去，是花对世间情感的远去，也是对人爱意的告别。如此看待花的淡去散去，总是让我无法面对花色的淡散，便有了清朝文豪张潮"若无花、月、美人，不愿生此世界"的悲凉感。花，实是引人活下去的精神"天使"。

落日与花儿，是世上最绝美的精灵。那艳丽的色彩是上苍的恩赐，只是上苍却恩赐得近乎吝啬。那绝艳的花色，赐得总是很稀贵，色彩越是浓烈，淡散得越是匆匆。花色的短暂，便成了美丽短暂的绝唱，最让人留恋不舍，最让人失魂落魄。人害怕黑暗，霞是黑暗的帷幕。那霞淡霞散，光明渐逝，黑暗涌起。黑暗总是让阴暗替代，阴暗是黑夜的魔鬼，阴暗是魑魅魍魉的温床。淡去散去的落霞，留给世间的是黑暗，给人的是恐惧，恐惧是对人莫大的伤害。

于是，淡去散去，会让人想到更多的悲催情形。

一树叶子离枝而落，是从绿色淡去散去而结束年岁的。那由碧绿淡成浅绿深黄淡黄淡灰色泽的淡去散去，是生命之绿淡去散去的过程，绿色消亡，宣告一棵树生机的结束。一树碧叶淡去散去，灰色白色就来了，灰与白是哀愁的色调。灰与白弥漫开来，四野色彩会被淡去散去，会淡和散成灰蒙蒙白茫茫的单调与空寂。这灰与白的色调也在淡散人的内心色彩，让人心境单调孤寂，压抑和烦闷也随之降临。

我每逢看到一树叶子淡去散去绿色之时，就会涌起愁情。淡去散去是生命在走向衰落，一片叶黄，实是在传递绿色死亡的气息。我不愿瞅那淡去散去绿色的叶子，更不敢多看一眼那被淡去散去黄的残色。即使被寒霜染成如火如花的红叶，也会使我产生伤感，想那片片如焰的血色金色紫色等美的叶会在一夜间淡去散去，如瞧美人憔悴那般让人伤感。而最让人伤感的是色彩散淡殆尽的枯叶，像被蹂躏和落过水的牛皮纸，皱与旧得又酷似树皮，只能让人凭生愁叹。叶是人的梦境，落叶带走了人牵魂的梦幻。每当与红叶相逢，我总是把那满树最艳的几片红叶收藏在书里，以聊慰那将被淡散了醉人心扉色彩的思念。

落日的红霞、吐艳的花朵和滴翠的绿叶，三道极致之美，印在人心田，醉在人血液，溶在人灵魂，实在难以接受它淡散去的冷酷现实。它的淡散，让人在忧伤中很容易对许多人情与事物的淡散越发敏感。

与你相亲相爱相近的人，亲着爱着渐渐淡了，走着走着渐渐散了。而这淡了散了的远去，更让人伤感，这伤感是渐冷渐寒的揪心般的淡去散去。散了是从淡了开始的，淡了是从话越来越少开始的，无话是从情淡开始的。人心是色彩的"调光板"，情是"色彩"，情淡即刻人散。人一生一路走来相遇相亲相交的人不管有多少，与更多的人却是走着走着淡了，走着走着散了，走着走着不见了。

有首《走着走着就散了，回忆都淡了》的词，让我泪流满面："走着走着就散了，回忆都淡了；风吹过云就散了，影子淡了；夕阳靠着山倦了，天空暗了；一朵花开得厌了，春天怨了……回头发现你不见了，突然我乱了。"

这情与爱的淡去散去，真是人生的路上最让人寒冷的遭遇，也是难以下咽的苦涩的酒。因无法不遇不喝这寒冷的遭遇和苦涩的酒，人便对阳光、花和树格外依恋。

霞光的淡去散去，是落日在奔跑中不停地甩掉光芒的"尾巴"；花色的淡去散去，是寒霜那白色的幽灵在掠走花的魂魄；绿叶被淡散去生命之色，是饥饿的风魔吸走了叶的精气。我便怨落霞无情，怨花儿娇气，怨绿叶脆弱。落日赶路拉不住，而艳的花和绿的叶，就不能如梅和松柏那样，迎霜吐芳和傲雪绽绿？

我的愁怨，渐渐淡着散着对这美的憧憬，也让失望淡着散着对这美的留恋。

尽管这些淡散是自然规律，可谁又情愿接受这无情的规律呢？

这是我失意时的感受。在失意的痛苦中，我的眼里是冷愁，难以看到绝妙的美，难以看到不令我悲愁的美。而随着阅历的增多，我对伤感的淡散有了新解，我所认为的淡和散去，我所愁怨的淡去散去，其实它并没淡去散去，它只是转换了另一种表现方式，或是在稍作暂时的歇息和在酝酿新的美妙色彩呢。

豁然的开朗，再看那落霞与朝霞，似乎没有不同。落霞是朝霞的再现，落日走了，明晨还有日出；落霞淡去散去，明晚还会有落霞。把落日看作是日出，把落霞看作是朝霞，心房顿然阳光灿烂。朝霞和落霞让我顿时开悟，花淡花散，花只是睡眠而已，春来花自芳；叶淡绿散落，叶要化做肥料，春天再吐绿色，这样看待红霞艳花绿叶的淡去散去，不再为它们伤感，反而有了份安慰和期待的喜悦。

在这开悟里，会让人看到友情爱情的淡去散去，与这美霞艳花绿叶的淡散，是那么地相似。真正的友情和浓厚的爱情，任凭风雪雨霜摧残也不会淡散了色彩的。那些淡去散去的友情爱情，它会同朝暮的霞、春天的花朵和绿叶一样，总会在一个时节，会以换一片霞换一朵花换一枝叶的方式再现。

只要心的春天还在，那友情爱情仍会随风而来；只要情在，眼里便没有淡去散去的色彩；只要爱在，淡去散去的爱还会回来。

误入热地

蚂蚁同人一样怕冷好暖，哪里暖和，去哪里。或许蚂蚁感觉，有暖床有美食是天堂，便往热处钻。蚂蚁寻觅的神形有点像人，总在左顾右盼找什么，总爱到处跑，总在企图不劳而获。人跟人喜欢凑近乎，蚂蚁喜欢跟人凑近乎；人跟人凑近乎是因为别人身上有"热地"，蚂蚁跟人凑近，因人是"热地"也是宝地。蚂蚁近人实则是探险，就像人冒险追寻金银财宝那样，既是险也值得去冒，因"热地"有最大的诱惑。

蚂蚁定是把人当作金银财宝来看的，人在哪里，蚂蚁就会跟在哪里。人的家，蚂蚁也当家。蚂蚁跟人进家，就如同人进了宝殿，兴奋得到处乱窜。人家有无雨雪无风霜的大洞小缝，有暖有食有水，有美味佳肴，少了野外风餐露宿和千辛万苦挖穴找食的艰难困苦。蚂蚁喜入室，一旦入家蚂蚁就不愿离开。即使遭毒杀，幸存者也不离开热地。入家近人的蚂蚁以为来到了极乐世界，却是来错了地方，迟早会死得很惨。

居楼走了蟑螂却来了蚂蚁，家里暗藏了来路不明的蚂蚁，是种线头般小的蚂蚁，不啃家具不打洞，只爱窜。也许是瘦弱饿着，总在找暖和有吃食的地方。家里最暖的地方，是炉台、床和人。这几个热"窝"，不仅暖和，更有美食美味。

家里的锅台，香气香肉总是让蚂蚁控制不住欲望而走险。飘出香来，总有蚂蚁爬上炉台觅食和欢逛。炉台的水火无情，对一只弱小的蚂蚁来说，一股火焰、一缕热气、一注烫水、一滴滚油，都会顷刻毙命。尽管险情在即，可有奇香美食，蚂蚁总是冒险，总是葬身于烈的火焰和滚烫的溢水里。这些冒死奔暖的蚂蚁，不是犯傻，就是胆大，明知火不可近，还是被奇香诱来送了命。更多的蚂蚁聪明而胆小，冲着温暖和香味而来，却感到火的危险继而钻到了碗盆里。它是在躲藏险热，还是等待吃碗里的美食，它们躲到碗盆里以为无险。而躲到餐具里的蚂蚁，也是小聪明，人要不注意它把饭和汤盛到碗盆里，瞬间即被烫死；人要发现它在碗盆里，照样会被捻成肉尘。也有聪明的蚂蚁，或许怕被人发现，或许余温的锅底有油水，它们躲藏到锅底享受，却被炉火一燃，顿成灰烬。也有聪明绝顶的蚂蚁，不往热处凑，而是钻到油瓶，或爬到糖罐，结果被人同油糖一同倒进烧红的铁锅，瞬间炸焦了。更多的蚂蚁，奔着热的香味来到了灶台，有几只被忽跳的火苗烧死了，有几只被火焰烧焦，还有正往炉灶口蠕动的，或许会被火焰烧死，被溢出的开水烫死。它们看到死的同伴，只是稍有惧怕的踌躇，但仍会朝着香味和热涌来。尽管总有成群结队的蚂蚁惨死在炉火和开水下，但总是有新的蚂蚁爬上火热的炉台，必然遭到同样的下场。

家的床和沙发，柔软舒适的地方，总有温暖的肉体坐上，蚂蚁也喜欢往床和沙发上凑。蚂蚁不见人来，便在暗地等待，等到人上床，它便上床；人坐到沙发，它就往人身上窜。定是人身上的热味招了蚂蚁魂魄。有时我的屁股刚坐热，腰背就有了痒，挠几把，不再痒了。想必已被我挠死，便安心看电视。可不一会儿，又有别的地方痒了，奇痒无比，它的咬和窜，让人痒得恐慌。狠挠才管用，蚂蚁会被挠死，被挠跑或挠昏，而大多时候，却挠不死，也挠不跑，只是一时被挠昏而已，不一会儿，它又会窜咬起来。有几次好在是在家，便脱下衣服去找和抖。找，却找不到蚂蚁的踪影；抖，却又抖不出。它钻到了哪里？其实，它在人脱衣的当儿，定是见势不妙逃了，兴许钻到了内衣的哪个缝隙，让人抓不住、抖不掉。

　　逃避了追杀的蚂蚁，并不因遭到残忍的绞杀而讨厌人和远离人，它仍会在人身上干出依旧的勾当来。它就像人追钱财那样，明知不义之财是魔鬼，即使张着血盆大口，也要去拥抱它。这样死都不顾的蚂蚁，对它再无他法，只有用开水一烫了之。一盆开水，蚂蚁被烫成了针头大小，便解了人对它的厌恶之恨。可蚂蚁是杀不绝的，它还会爬出来，爬到人最热乎的地带，仍会干出令人憎恨的事情。

　　一只蚂蚁爬到了我嘴角，我被它咬醒了。我在睡梦中被嘴边的痒弄得难受，手下意识地狠挠，痒痒消失。早上起来，发现有只死蚁沾在嘴角，才记起来是昨晚被我挠死在嘴边的。于是纳闷，蚂蚁为何爬到我嘴上？原来嘴边有昨晚没擦掉的肉屑，被油渍沾在那里。晚餐吃的是很香的肉，这点不起眼的肉屑，蚂蚁是怎么发现，又冒着人张口把它吃到嘴里的风险爬过来的？想来是我呼出的热气，把肉香散发了开来，喜热和饥饿的蚂蚁，冲着热的香而找到了这美食。它哪里知道，它正吃得香的时候，也是死亡到来之时，我的指头就把它搓成了肉末。

　　对好热怕冷的蚂蚁来说，冷的夜晚再没有比人的床更好的热地了，潜在人的身下，人汗的潮热，如进蚁穴舒坦，哪儿湿热往哪儿钻。人身下最湿热，也还能吃到不劳而获的食物。但人的身下最危险，蚂蚁只顾图舒服和觅食，却不知死亡来得那么容易，身体几个翻来覆去，就把它碾成了死蚁。

　　碾死的蚂蚁未必弄脏了床单，但让人感到恶心，得换床单，得洗澡，得把床单和身上洗个透彻。洗床单和洗澡，费去了时间和水，让人生气又浪费了水和时间，便责怪自己为两三只死蚂蚁小题大做。几只蚂蚁没那么脏，为何让人感到它肮脏透顶？想来不是蚂蚁有多脏，是蚂蚁的举动肮脏。蚂蚁喜食腐尸脏物，出入于潮湿肮脏的地方，它实在是令人不齿的东西。

　　对蚂蚁有恨意，是它有时让人很痛苦且尴尬。蚂蚁喜欢钻人衣服里，尤其是钻到了私密地时痒得我要急挠，却不敢挠，身旁有陌生美女，哪里敢。

待我再无法忍受要挠时，却招来身边美女瞪眼和"流氓"的骂声。蚂蚁让我瞬间成了流氓，天大的误解，可恶的蚂蚁。

美女的瞪眼和骂，分量很重，我只能恨蚂蚁。我急忙回家捉这坏东西，它却已不见踪影。好在蚂蚁再精明，也不是人的对手，它的优势是小巧，它的缺点是好热，我就给它热的东西——一块药的诱饵热毡，它们便小心谨慎地奔着热来了，而它们便在温暖的热毡上永远长眠了，死得密密麻麻。可憎的蚂蚁，你的讨厌是贪恋热，你终究会死在热上。人这块热地，蚂蚁到死也不明白，绝不该进入，是绝对的误入。

坠 落

屋后那一树的苹果，让我从初春揪心和伤感到了初冬。起初揪心和伤感的是花蕾坠落，后来是果子不停地坠落，叶的坠落，再后来树也倒了。满树最后一片叶子落地，一棵树等于死了。花果叶是树生命的颜色，一棵树失去叶子，叶悲伤、树伤感，人会随这凋落伤感。

花叶坠落，是树败落和死亡的前奏吗？至少是繁华落幕的前奏。倘若花儿常开，叶子常青，即使果子坠落得一个不剩，树仍活着。想来树不留恋果，树是无限留恋花与叶的。花蕾不一定结出一个果，而幸存的花蕾都会开出一朵花。花朵是苹果的笑脸，只有花朵绽枝，才可能小果挂枝。一朵花成为苹果，历经风雪雨霜，便让人生出得来不易的喜悦。这喜悦是盼来的，因人也是极其留恋花和叶的。自从花蕾打枝起，从花朵绽放起，从蓓蕾成果起，我的伤感便不停在加剧。加剧是由于不停地有花蕾坠落，不停地有花朵坠落，不停地有幼果坠落，不停地有树叶坠落，继而是熟果不停地坠落，直至满树坠落得只有几片枯叶，最后一片不剩。

坠落，成了一棵树生命不断变化的伤痛，也成了有心人的伤感。我心痛那坠落的花蕾，也哀愁满地的花朵。后来挂果坠落，既心痛，也哀愁。我急切地把坠落的果子拣吃了，直至每天要拣吃好几个苹果。这里还没吃完，那里果又落地了。本想吃这一树的硕果，却吃了一树的落果。这是果子坠落得太忙？还是我愚顽？好像两者都有吧。因那棵唯一的果树，是我贫寒儿时从春到秋冬的企盼。从挂果到最后一个果坠地，我和家人总在拣吃坠落的果子，而不忍它生长时就摘吃。为何苦等？是出于总想让苹果在树上多待一天而会长得更大一点的贪婪。而成熟从来不待时，坠落也就不等人，这一树的果子，不管你摘与不摘，都会纷纷坠落。

我守望这树苹果，发现了花果叶坠落的不同遭遇和相同的悲情。

花蕾皆是树的孩子，树给了每束花蕾平等生长的机会，可蕾要成花，太不易。蕾和花，是极其脆弱和极易坠落的。起初的满枝花蕾，都在做甜蜜的梦，都在天真欢快地绽放和满怀喜悦地结子，可在盛放的时节，或在将要结果的时刻，相继坠落了。

坠落，似乎是会传染的，使得满树蕾和花大半坠落，甚至每个枝条的蕾与花会坠落得只剩星星点点。蕾依偎母体且被胎衣包得很紧，风雨雪很难把它吹打落坠，而花则是待受孕的仙蝶，羞涩且脆弱得很，一股寒风，一股劲风，一股斜风，一股气流，一股冷雨，一片雪霜，一时烈日，一片树叶，一只落鸟，一只虫子，一块石子，一时颤动，一个撞击，一声巨响，都会使花坠落。还有那花妒花、花恨花、花欺花、花斗花、花挤花，还有相思花、忧愁花、失意花、孤独花、病弱花，还有不孕花、未孕花，都易坠落。这满枝的蓓蕾和花朵，因着各种复杂的缘由，不停坠落，待到挂果时节，落花遍地凄惨，倒成了稀松平常的事。

一朵没被摧损的蓓蕾变成花朵，一朵幸存的花朵变成苹果，一定会经历生死存亡的过程。哪朵幸存的花活到挂果都不简单。它们须抱牢母体，不敢有半点迷糊，否则会顷刻坠落。尽管它们不敢马虎，仍有不计其数的花朵在尚未结果或结果中坠落了。一日一夜间，树下落满了花朵和幼果。一朵花是一个果，一个幼果是一个大苹果。花和果的频繁坠落着实让人心焦。

这幼果在枝上长得结实，怎么就坠落了呢？原来大多是被挤落的。一个枝头长出数十个果是喜却有悲，枝头可承受数十朵花，哪能承受数十个果的挤压？大地在意有分量的东西。有分量的东西大地都想"收藏"了。数十个果的重量压枝，便会往下坠。下坠中便有果子被枝头抛弃坠落，被兄弟姐妹挤出枝头坠落，被一个虫子袭击坠落，被大地的引力拉吸坠落，被自己的娇气与脾气折磨坠落，也被清晨的那场寒霜残害坠落。

这坠落的果子，还有更多是自行坠落的。果子日渐沉重，即便经住了复杂气候考验幸存下来，哪怕人不去摘下它，它也会自己坠落在地。这最让我忧伤。

忧伤，是从它结蕾到开花到结果到成熟的不断坠落，直到坠落得一个不剩，直到全树的树叶坠落尽，这几乎成为我四季里的忧伤。而树上最后一片落叶给我的忧伤，并不是我最后的忧伤。我最后的忧伤是那棵落完最后叶子的树，倒了，倒在了地的裂口里。地"吃"掉了这棵树。虽然还有大半棵树身在裂口外，但那粗壮的树身却被地大口"吃"进。我们从土里挖树，挖出来兴许会活。可它最壮的根被地"咬"断了，虽然它的皮仍绿，破口还流着纯清的液，但它等于死了。

地张裂着大口，欲把天上的鸟儿和云朵也吞进去。这地裂若再大一点，这棵树就全被吞吃了。在开裂的地口里，在地的浅层，有枯的树叶、花蕾、大小苹果、树枝、树皮等一棵树的所有部位；有麻雀、喜鹊、虫子、蜜蜂、蝴蝶、蜻蜓等来过这棵树的很多动物。在地的深层，有腐烂的桃核、杏核等地上树木结过的所有果核。地的更深层，有破碎的瓦、砖、碗、盆、罐、毛发、牙齿、布条、鞋底和骨头等人与村庄的痕迹。再细看，这裂缝的土里，还有很多曾经的人与动物的东西，却都已腐烂得辨认不出来自什么地方。这让我感到，这块土地"收藏"了与其有关的东西。尽管"收藏"的大多数东西最后只剩下痕迹或成了化石，但痕迹和化石仍是消失了的东西。土地"收藏"了大地和天空里多少东西，实在难弄清楚。

一棵果树从春到冬，给人四季色香味美的喜悦。我又为这棵树倒下而伤感，感到它不留恋世界而更喜爱土地。院后从此不会有苹果树吐绿、开花、结果，好几年的四季，我将失去对一棵树的盼望和喜悦。

从这树的花果叶不停坠落的伤感里，我注意到了人与大地万物的渺小与无奈。初生的人和万物，亭亭玉立、扶摇直上，而渐渐地身躯在下坠，越发矮了；肉在下坠，下盘粗了；骨头在下坠，腰弯向地面了。下坠、坠落，原来人与树的花果叶枝的坠落和树的忽然倒下竟然那样的相似，万物的消失与一棵果树的坠落及落土后的境遇竟然是那样的相同。

口　音

　　我喜欢自己的口音，喜欢我这来自西北凉州乡村的口音。我一直固执地认为，我凉州的口音，是最好听的口音，我家乡口音的话，是我最能表达自如的话。我曾得意地认为，我说话的口音，与播音员没两样。我也曾傲慢地认为，村以外的口音，都是外地口音。外地口音，最难听。村里来了外地人就嫌他说话难听，出村听哪里人的口音都觉得难听。我埋怨别人的话难听，可别人说我的口音很难听，还说我的话他们听不懂。我说，我的口音与播音员没啥两样，反倒是你的话我听不懂而且口音很难听。别人就大笑，我觉得受到了莫大嘲讽，更厌外村和外地人的异声怪腔。

　　我为什么不服别人对我的嘲讽，是因为那时我早已有傲气，早已把自己看成超凡脱俗之人。我的文章偶尔见报，我的钢笔字美秀十里八乡，我是家乡的"秀才"，我自感比谁都有文化，我不怀疑我的口音土。还有，我自豪我村是出土世上无双的"马踏飞燕"的老家，我的故乡凉州是因"葡萄美酒夜光杯"而扬名的古诗《凉州词》的诞生地，是古丝绸之路重镇，有着天下少有的文物和传说，我便夜郎自大般坚信我的凉州话是最好听的话。

　　带着这偏执到军营，面对南腔北调的口音，没有哪个听来让我顺耳。我说别人话很难听，别人也说我。连里挑文化教员，我因有一手好文和好字，被推荐上台试讲，结果泡汤了，因大多人说我口音重而听不懂。我不服，指导员又给次机会，大多人仍说我口音重而听不懂。这使我与文化教员之职擦肩而过。

　　文化教员是连里的文化代表，做了文化教员在全连自然成了最有文化的人，这样的地位不仅受尊重且前途光明。失去这机会，就失去今后上面选拔骨干的诸多机会。我被"口音太重"的理由淘汰，我懊恼。指导员劝我学普通话，我说我讲的就是普通话。指导员教我说普通话，我学得难为情。学普通话得舌头拐弯，我听京腔的舌头上拐就很厌。还有天津腔、河北腔感觉舌头有意在作秀。但指导员说北京话是标准普通话，得跟着人家学。我打心眼里不想舌头拐弯，就不愿学，不愿学口音就很顽固，张口便是老家村里人的"味道"。指导员无奈地说，你的口音不仅没改，反倒重了，你是没救了。往后连里又选文化教员，营里选书记员、团里选演讲员，指导员照例推荐我，但还是因我说话口音太重没当成，也被选调骨干测试淘汰了。这几次被淘汰，我最初并没把它当回事，也没把选上的人当回事。

　　可淘汰与选择的现实，不久就有了让我揪心的结果。这几次无论是选上当连队文化教员的，还是做了营部书记员的，当了演讲员的，不是以半考试半推荐的形式上了军校，就是转了志愿兵。连里列队集合敲锣打鼓欢送他们上军校，欢送他们调到营团当志愿兵的新岗位，他们的脸上绽成得意的一朵花，可我在给他敲锣时眉头和嘴巴却皱鼓成了难看的包子，我羡慕他们也忌妒他们。上军校和留部队，从此跳出了"农门"；上军校回来便是军官，转成志愿兵便不再回农村，他们从此出人头地、不回老家种田了。我虽穿上军装离开了农门，若提不了干部或转不了志愿兵，那也是暂时离开农门，终究会去种田。我想不通，就因我有"口音"，这推荐上军校和转志愿兵的人就变成了别人；我的失去和别人的得到，居然是因为口音的关系，我无法接受这个失落，也无法接受别人的好事。

　　我落选，失去了彻底远离"农门"的机会，因为我的"口音"问题成了营团皆知的事情。这样的好机会对我不再有，我只能回乡务农。果然后面选人，没人再提我。要面临回乡种田，我心如刀绞，我压根儿也不想回乡当农民，想到当农民我就痛苦。

这个痛苦是我父母等祖辈的现实困境"告诉"我的，当农民穷苦。在那个吃不饱饭的时代，是真穷苦。穷苦也倒罢了，连娶老婆也很困难。乡里光棍汉娶不上老婆的愁苦，让我有了愁闷。我担心家贫娶不起老婆成为光棍，我家确实没有为任何一个儿子娶媳妇的钱。那些当光棍的人，别人看他没意思，自己活着也觉得没意思。光棍是村里最贫穷的人，贫穷得连自己也养活不住，哪个姑娘会嫁给他。

我的祖辈人正因没跳出农田和村庄，他们土里刨食，代代贫穷。我是多么憎恨贫穷，憎恨娶不起老婆的光棍的贫贱，憎恨拿女儿卖钱的父母，憎恨没钱看病等死的残酷无情，憎恨村里父子为几块钱反目成仇的丑恶，憎恨上学没有学费且时常饿肚子的困境，它让人活得如牛马般辛苦且没有人的尊严。贫穷让我讨厌农村，讨厌田地，讨厌做农民，讨厌我贫穷的家，也讨厌我父母。

我做梦也想当城里人，城里人不种田且吃得好又轻松，不愁娶不到老婆，不愁没有钱花，也不愁没有房住。我每当看到村里有人被招工进城就羡慕忌妒恨，进城回来就苦恼，面对城里的同学就自卑。我在妒恨、苦恼和自卑中，产生了强烈的离家想法，我绝不在村里活着，绝不种田，绝不当农民。我要当城里人，要拿工资，要娶城里的媳妇，也要让我的孩子成为城里人，成为拿工资又吃商品粮的人。我清楚，我要跳出"农门"，考学无望，招工无门，只有当兵，所以我费尽周折当兵离开了村。离村的目的，当然是从此不再回村。可谁能想到因口音失去了机会，更没想到因口音而失去了前途。我后悔自己没把指导员的话当回事，我痛恨自己这有脾气的舌头，失去了多好的机会。复员临近，我只有回"农门"了。

难道改掉口音就能改变面临的命运吗？我原来不相信口音会改变命运，

因我一个亲戚离家几年全"洗"掉了老家口音，却还是回家种田了。可连队的几个说普通话的人，却因会说普通话当了教员而改变了命运。现实告诉我，说一口好听的话，是有前途的。

既然说普通话能改变命运，我得下功夫学。当我学得被人认为"不错了"的时候，复员名单上有了我的名字。我要复员回乡了，我不再学普通话了，学了回家用不上，开口又回到了老家口音上，且随着心情的低落，连村里的土话也冒出来了。我讨厌起普通话来，太难学了；讨厌人说我"有口音"，我反感"口音"这两个字。从此说话不再往普通话上拐，与所有人用很重的老家口音说话。

复员名单上忽然没了我的名字，是团政治处副主任王彦夫，把我的名字从复员人员中去掉了。他给连长说，他的文章写得好，得把这个人才留下来。我被调到了团政治处做了新闻报道员。当了报道员，就是全团士兵中的第一"笔杆子"，接着我就有了立功受奖的好事，我感觉离彻底跳出"农门"不远了。

多少年为普通话而吃亏，学了多年普通话竟然没有学会。我为何学不会普通话？普通话太难学。说普通话得"变"舌头，舌头受累，学出的"洋"腔常让自己脸红；老家话轻松，舌头不累。变舌头说话不习惯，且那变了的腔调常让自己有种肉麻感。后来前途走顺了，能写一手好文章，还有啥必要让舌头受那个累呢，不学了。

我以老家的口音说话，我在报上刊登漂亮的文章，我又去了师里，又被王彦夫和师政治部组织科长刘军推荐给了爱才的武警总队政委樊兴明，在机关当了干部。当了干部，我就无心改"口音"了，我那很重的口音更重了，尽管后来我发现自己的口音的确很土，但不想改了。我怕上台讲话，可当了干部少不了上台讲话。讲短话不紧张，我能说几句生硬的普通话；讲多了，一紧张，又变成了老家话。便有人说我，你的口音很难听。有上司劝我改口音，说改了对己对人都好，不然会影响提拔使用。这话分量很重，我信，机关里那些能说会道的人，常被提拔；当大领导得到处讲话，满口老家腔调的人，很少有当大领导的。要想当大领导，得说大众话。再就是我渐渐大了的女儿，用我的一腔老家话讽我，学得很地道，甚至嫌我凉州话太土，要把户口上的籍贯改了，让我很难堪。让我时常难堪的是有时问路，或打电话，或与陌生人说话，或与美女对话，或在谈恋爱初期的开口。谈恋爱有"口音"常难堪，对方会忽然冒出"你说什么""听不懂"的怪怨来，让我顿生烦恼，也顿现尴尬，顿生自卑。我想起连队操一口老家话带来的严重后果，我对自己这难听的口音后怕。有"口音"谈恋爱让自己立马"掉价"，我得说一口普通话了，否则后果不堪设想。我不得不坚信，口音会影响前途命运，至少会影响自我形象。

我感到了有口音的耻辱，我逼迫自己终于学会了说普通话。等终于练得说话让人听得懂了，可别人仍说我的口音太重。我很反感别人说我有"口音"，为此跟别人恼过。可我听自己的录音，别人说得一点也没错，我的话是说得让人听懂了，但还是拖着那老家的口音，被别人听来很土的口音。我就力图改掉口音，我知道了改变口音的技巧，只要改变舌头和口腔肌肉方式，巧妙掌控舌头和口腔肌肉的收缩，就可以改变发音。我的这些巧技，让我基本可以说出一口普通话，可别人还是说我仍有口音。

我寻找到仍有的口音，好像不是来自口腔，而是来自鼻腔，也就是鼻音很重。鼻音怎么变？医生说改变鼻音，得改变鼻息肉。不做鼻息肉手术，鼻音改变不了。鼻息肉是天生的，是如何生出来的？原来是说老家话少用鼻孔发音而长出的鼻息肉。鼻息肉是天生长成的，鼻音便是天生的，总不能为改变鼻音，做手术吧。改不掉鼻音，我的老家口音就无法改变。我只能接受令我厌恶的这鼻音，也只好与这顽固的老家口音妥协。

尽管常有人说我有口音，我却不在乎，我拿大多伟人都有口音搪塞，我以母亲操着这口音并没有影响她成为优秀母亲为由，也以口音是"母音"为由，为我很土的口音辩护，捞回了不少面子，也让人无言以对。后来别人就不说了，都深知我的口音改不掉，便习惯了，也有人居然喜欢上了我的口音。

我为口音找到充足的理由而窃喜，且不再为有人说我有"口音"而烦恼。我为口音的存在又找到了很多的理由。城乡的鸟儿都各有各的口音，这是它母亲传给它的，是母亲的"影子"，人怎能把母亲的影子扔掉呢？口音是母亲的声音，我着实为"母音"的解释而欣慰。

口音实在是母亲给的声音，我的口音与母亲的口音几乎没啥两样。想到母亲那暖心的口音，我一点也不觉得这口音土，反而觉得这口音很神圣，感到母音是最伟大的声音，一个人怎能把母亲给的声音洗掉呢？去掉了母音，就挖掉了母音的根。一个没了母音的口音，好似气球飘在空中，落不到地上，是让人最不踏实的。这对母音的偏爱，当然是我对母亲和故乡的偏爱，当然也有来自文字给我的自信。我以见诸报刊流畅的文字与社会交流，没人说我有"口音"，没人说我的文字土，这便使我又找到了不想学普通话的理由和不想改掉老家口音的理由。几十年过去了，我从山沟调到城市，从省城调到京城，一路一腔老家口音，连京腔津味的生活圈也没改掉我的口音，看来我的口音是改不掉了。虽然我彻底爱上了老家口音，舍不得改变透着母亲腔调的口音，但我还在努力改，改得让人听着易懂和舒服。

当然，不管我如今为难改的口音怎么狡辩，我从不否认，口音影响了好运，甚至影响了我的命运。

灰 条

灰条，常叫"灰灰菜"，它在我心里，留有深深的印迹。

灰灰菜命旺，村院前后，田间荒野，见地就长，且一缕春风吹来，迎春花还在梦中，它就顶寒破土而出了，绿的芽儿却披着灰纱，在冷清的春雪里，哥拉着弟，姐陪着妹，遍地为家，很快长成灰绿的草，翠嫩的叶能碰出泪来。

每年冬走春来，正当青黄不接时，盼春草的牛羊就往灰灰菜上扑。人哪舍得让牛羊抢先吃了，便与牛羊抢采抢吃，人很快抢到了最鲜嫩的灰灰菜。灰灰菜是春的恩赐，一篮灰灰菜拌上白面蒸熟，拌上香油和咸盐，调上酱油香醋和蒜泥，一碗热腾腾的灰灰菜饭，还没吃到嘴，就让人口水涟涟了。

春的灰灰菜，比肉还香，人畜要吃过春饥才罢休。灰灰菜先为人们解决了饥饿，然后便成了牲畜的口粮。牲畜在人们铲过的灰灰菜上，接着采吃它。灰灰菜不因为人和牲畜不停地采食而不见踪影，它的芽好像在泥土的深处藏着，一夜间仍会从土里蹿出来。

春日的灰灰菜是嫩草，入口咬嚼毫不费力，解饥解渴，人垂青，畜喜爱，人畜共享这春赐尤物。因而初春村里和荒野的灰灰菜，会被人吃得一片不留，也会被牲畜吃得一干二净。村人采这时节的灰灰菜，像捡喜钱，见它满眼的光亮。

灰灰菜长在早春里，似为春绿而来打前站，也是为饥饿的生灵而来。寒春有了灰灰菜，死寂的荒野复活了，饥饿的村人不慌了，困乏的牛羊度过了难关。村人谁也忘不了那每年饥荒的寒春，锅里没了米下，碗里只有酸菜汤，只能望眼欲穿地盼着地里长出绿色。村人盼来了一丝绿草，最让人喜悦的灰灰菜，它即刻成了充饥的食物。荒地和空地上的灰灰菜被采完了，全村人脸上少了很多忧愁，夸它是救命菜。

灰灰菜成为春饥时的"救命菜"，自有它的养人功劳不必说，人们还发现它有解毒等去病健身的功效，它能泻火通便，清热消炎，止痒杀虫。小时拉肚子、身上长疹子、毒虫咬起包，几把煮熟的灰灰菜下肚，一把揉碎的灰灰菜抹到疹患处，总有意想不到的奇效。春天里正是人易上火和肠胃不适的季节，灰灰菜有这般治疗疾病的作用，更显得它是饥寒时节为解救人和畜而来的。

四方为家的灰灰菜，白花花的盐碱地上有它，水汪汪的烂泥滩上有它，干渴的黄土高坡上有它，江南的青山绿水里有它。哪里有草，哪里就有灰灰菜。灰灰菜铲不完，灰灰菜在大地上越铲越多。

春走草老，灰灰菜不再是人的盘中餐和牛羊喜爱的菜，便长成了小树般的灰蒙蒙的粗而老的草。它成了灰不溜秋的一条子草，不能吃又难看，人们不再以它为食，牲畜也嫌它老不食，便被人视作野草和杂草看了，也就不再叫它"灰灰菜"，便叫它"灰条"。"灰条"，多难听的名字。"灰条"的名字有点嫌弃之意。到了深秋，灰灰菜没人吃，羊不闻，驴不啃，"灰条"的名字叫得更难听——"猪尿菜"和"猪菜"。

老了的灰灰菜被叫得越发难听，因为它成"灰条"后，实在不好看，灰的外衣，细长的瘦状，灰的一条子，真是灰的条。被叫作"灰条"，就如一个孩子被叫作"狗娃""猪娃""驴娃"等名字的，形象又滑稽，直白又直观，简直是失去宠爱、没有美感、带有戏谑、带有轻蔑的味道。

被叫成"灰条"的灰灰菜，有点让人厌了。看它长在空地上，长在院落里，长在山路上，长在田地里，人见人烦，嫌它占了空地，不如花和庄稼让人悦目与实惠；挡了人的道和挤了庄稼地；看去灰不拉几让人心生灰意。自灰灰菜被改叫为"灰条"时起，村前屋后和田间院落的灰条，便成无用的杂草，空地上的被铲掉种上菜，碍手碍脚的被砍了喂牛驴，又粗又老的被砍下当柴烧，懒得砍的就放把火烧了肥田地。

从夏到秋，荒野和空地上大片的灰条，被砍成柴火，被弄成饲料，被烧成灰烬，化作田野肥料。尽管它被春天抛弃，变成了当作柴火般的草，可遭到人们冷遇的灰条，任人叫它什么，任人爱它贱它贬它，来年春天，它仍在春寒里钻出土来，很早地迎接更多春绿的到来。

灰灰菜被人叫成"灰条"，与它满身的灰衣有关，灰头土脸的，让人产生不好的感觉，也成了贬损人的外号。村里丑的男孩被叫作"灰条"，灰条也成了有的男孩的外号。我被人当着女孩的面骂作"灰条"时，就感到遭了污辱和轻蔑，顿生自卑而气哭的我，就想把那人打死。我的拳头攥成了个石头，但终究没敢出手，想我有力气时再打他不迟。叫我"灰条"的人，让我从此憎恨，是我深感"灰条"的意味，太损人。

那时我瘦弱和灰头土脸得像灰条，有人讥讽我是"灰条"，正刺到了我的心窝里，因为我不喜欢灰的颜色，"灰"的东西，灰的感觉。灰，是不白不黑，白中有黑，黑白相间，不明不亮，似被玷污的颜色，是物质化为灰烬的颜色，是洁白堕落了的颜色，是滑入和体现黑暗引导黑暗的颜色，是没有生机的颜色，是含糊不清的颜色，是让万物蒙灰的颜色。灰，这奇怪的颜色，自从在意起它来，我的心就被灰色影响，有灰暗的压抑。

我对"灰"有着偏执的反感，也厌恶"灰条"这称谓，很记恨骂我"灰条"的人，更怕村里的女孩叫我"灰条"。可那人仍骂我"灰条"，那女孩也戏说我是"灰条"，我从此羞愧地不敢见她。我被"灰条"骂伤了，戏说伤了，耿耿于怀好久。直到村里有人被大人骂作"灰条"的时候，还有几个孩子被人叫作"灰条"时，我对骂我"灰条"人的恨意才消散，却对"灰条"这两个字敏感起来，"灰"在我心里从此留下了灰暗的印迹。

　　之所以对有人骂我"灰条"感到耻辱，是我对人们把"灰灰菜"叫成"灰条"的不满，也源自那几个被骂作"灰条"的人，长得丑陋且品行不好的原因。想起曾经爽口的灰灰菜，救人畜命的灰灰菜，村人嫌它老了就叫它"灰条"，我就怨叫"灰条"的人是喜新厌旧的弃老。

　　"灰条"的称谓，就好比"灰姑娘"被叫成了"丑小鸭"一样让人难过。我最怕有人叫它"灰条"，也为有人叫它"灰条"而对它感到不安和内疚。我把人对灰灰菜贬称为"灰条"的恨意，带到了都市。直到我读到了一本主人翁叫"灰条"的《猫武士》的书，"灰条"是个忠诚勇敢和重感情的动物英雄。猫武士灰条有着烟灰色的长毛，灰黑的眼睛，是一只修长的公猫。猫武士以灰条的名字自豪，我便对把灰灰菜称为"灰条"没了恨意，反而觉得"灰条"是个很滑稽且幽默的称谓，是像猫武士一般的草中勇士。

　　在都市里见不到"灰条"，便念想那荒野里森林般的"灰条"，便琢磨"灰条"全身灰是滑稽和幽默，这让我找到了对"灰条"称谓感到欣慰的幽默所在。"灰灰菜"变称为"灰条"，是它的灰衣造成的，它嫩的肉并不灰，碧绿得如翡翠，它是活得很自信的草。可我这鲜活的人，心里灰暗时，总觉得自己像"灰条"，那令人嫌弃的灰条；也时常看别人是"灰条"，更把那高楼大厦看作灰条，把长长的马路看作灰条，也把一些人看成是灰条。当我有这样心态和眼光时，想到灰条的从容和自信，我就感到自己狭隘，便想，灰是一种状态，灰是一种常态，灰实在是灰条的一种自然和朴素之美。

溅

　　我总是把一盆水狠猛地泼出去，还成心把一注水直射在墙上，常以奔跳猛然击水，也故意用沉石砸水，或坏意十足地用水打水。诸如此类举动，当然会被水溅得污渍斑斑，可我总是屡试不爽，乐此不疲。这都是愚蠢人做的事情，我为什么做？因我喜欢水溅起。喜欢水的溅射、溅跳、溅弹、溅飞、溅舞、溅奔、溅花、溅乐、溅怒等五花八门的溅。水溅起的姿态，有限的文字很难概括它的丰富性和多面目。水被溅起，究竟需用哪些文字来描述，需用多少文字能够形容？想象是有限的，文字便是有限的。我以为，除了空气，水是世上最柔软、最难说得清形态的、最难琢磨的东西。

　　我畏一河水、一江水、一海水、一潭水，畏大水，却从不畏于我没有威胁的水。我从不把一潭水、一洼水、一沟水、一地水、一盆水、一杯水、一口水当回事。这些对我构不成威胁的水，我把它视为弱物，它便成了我寻欢作乐、发泄情绪、制造缠绵的工具。我在这般水面前，总以强者自居。

　　喜欢往水里扔石头，扔小石，扔大石，在击打水中体会它被激怒后的美妙态势。把水激怒，奥妙无穷。不同形状的石头，会有不同的反应，会溅起水的不同形状，也会使我得到不同的感受。炎热的酷暑，哪怕是一滴水、一注水、一团水溅起来，那爽朗都是入心的，让浑身顿感被凉爽抚摸的惬意。如若酷热难耐，有几滴水、几注水、几团水激溅起来，溅在手上，溅在脸上，溅在头上，溅在身上，那又是浸透身心般的畅快。酷热里溅在身上的水，清凉带走了烦人的热，它除了给人喜悦，还会给人安慰、清醒、梦想、诗意。

喜欢春水的溅起，春水里有清雅的柳绿、有花香。几滴春水溅身，恰是春姑娘的吻，神怡心跳；一池水溅起，那是一池的霹雳舞，千姿百态的壮美，诗意盎然；一身春水溅来，是把整个春天洒在了身上，也把春溅到了心里，春情荡漾。秋水流金溢彩，有甜蜜的麦香、果香，一滴秋水溅起，溅在唇上，舔到的是甜香味，美酒入心。季节不同的水，冷暖不同的水，深浅不同的水，南北东西的水溅起，溅在天空，溅在地上，溅在花上，溅在人身上，总会有不同的意境和情调。

水的无限柔情，带给人无限的感受。它的溅起，总能表达外界情绪，创造诗情画意，给人带来某些特殊感觉。它的柔美，也让人感到它软弱。因而我的潜意识里，水是软弱的。击水溅起，是我的情绪需要。我的戏水、玩水、弄水、袭水情绪，让水跳舞、奔驰、暴怒，是视水软弱的缘故。

溅来的水滴，虽浪漫，温柔，渺小，但也有可怕的时候。比如那溅起的水滴，不仅仅是水滴，还有可能带污，奔落在皮肤上、衣服上，便是点点污渍、黑斑。污渍、黑斑里有什么？会有毒液、恶物、病菌。当你偶尔被溅上这样的水滴时，怎会小看溅起的水，哪怕是一滴水，也会因你急躲它而闪了腰。

最怕马路上的溅水，那溅起的多是脏水，其中有说不清的污秽，说不清的肮脏。这样的一滴水是可怕的，它溅在衣服上让人厌恶，溅在皮肤上、嘴巴里令人恶心。我在马路上最担心、最畏惧的事是被污溅，被溅污的地方，那极其难闻的味道，谁也说不清楚。在城市里生活，在人车如蚁的路上行走，被水溅，便是被污染。我最怕被这样的水溅污。这样被溅，也常发生在雨雪的马路上，而我又喜欢走雨雪的马路，喜欢被雨雪溅身。这是因为在雨雪的马路上行走，会诗情汹涌，我陶醉于这种感觉。即便被溅得浑身脏水，被人取笑，说我耍贱，可我偏爱这样的感觉，并以为快意。

我的戏水，实是犯贱。我不耍水，我不在脏水的路上故意行走，那脏水怎会溅到我？这让我想到了贱这个字。贱跟溅是多像啊，只是少了"三点水"，却成了少也、卑也、卑鄙、下流、拙劣、粗笨的化身。我被人说贱，我戏耍弱水的举动，与"贱"的那个字意搭边，与"少也"搭边，也似乎与"卑鄙""便宜""低微"有关。想来那些戏水、弄水、玩水、袭水、逗水的恶搞丑态，不善的心态，与这些词不无关系。

"溅"出自于"贱"。造字的先生把"三点水"的偏旁安在"贱"的一旁，水就被污化，水就不高兴，这是水的另一面。水当然明白自己是清高的精灵，把它与一个让人生厌的字结合，定是不高兴的。但为什么会把它与"贱"安在一起？除与字音有关，也许还有对水的别样认识。水是高洁的精灵，但也有它的缺点，被激就动，被击就溅、窜、跳、怒，这是它柔的缘由，也是暴的存在。暴，是贱外表吗？应当是。贱，是暴的内涵。水，是有贱的一面的。

水贱在哪？贱在谁若动它，它都会动；谁击它，它都会溅。它有如弹簧，动与溅的幅度大小和高低程度，总体现在外力上。这是水的优点，也是弱点。这弱点就是贱。还有使水变得贱的是，它有如魔鬼，任何尘土、粉物、液体、土壤、树木、空气能进入的地方，它都进入，无处不在。它本高贵圣洁，应当是香甜美味的化身，可它也接受毒、色、污、臭，也会变成污秽、毒物，这是它的贱吧。水可以变得很贱，贱得让人憎恨。多少毒药、毒液、毒素，不都是水帮忙的结果吗！我常疑水的本性，疑它的品质，疑它的用意，疑它的存在，它太贱，贱得化作了恶。

水，在做天使，也充当恶魔。水应当保持它的纯洁和高贵，不应该充当坏的帮凶、恶的载体、丑陋的化身，这是它善于被邪恶利用，太贱。

而水的随和、平凡、高贵、质朴又使我怀疑对它有贱的偏见。水贱吗？

它只是软弱。软弱是它极致的美，不是它的弱点。它的柔软，恰是它的强大。它强大到了够包容万物的程度。它不贱，贱的是利用它的人和事物。

溅，给我带来不断的思考。溅不是个简单的现象，它体现着丰富的美。我从溅起的水滴，看到了我自己，也看到了水的本质。

搅 团

那天的饭是吃搅团，妈在我碗里放了3个冒热气的蒸土豆就下地去了。土豆怎么变成搅团饭？让搅，我没搅成团，却搅成了一碗碴儿。于是吃了一碗碴饭，没吃上搅团，妈就教我做搅团。搅团的技巧是搅，把土豆不停地搅上几百圈就会出搅团。妈妈的搅团没放一点水，没放一点油，却把干爽如沙的土豆搅成了稀的软团，搅出了清香味。没有酱油醋，没有油泼辣子，我却吃了个满口香。那次我领会了做搅团的要法，就是不停地搅，成团的奇迹就在搅中才能出现。奇迹，就是把干爽如沙的土豆碴儿搅出水分，搅出油，搅出清香的味来，搅成一碗粥团般的饭。

要把3个干且似乎挤不出水分的熟土豆搅成一碗粥团，起初我压根儿也不相信。即使我搅酸了手腕，也只是把土豆搅碎和搅成了沙状而已，根本看不到团的样子。可接着搅下去，却出现了越搅越糊、越搅越稀、越搅越黏的奇迹。我悟到，水分和油质，也就是土豆的精魂，是藏匿于它肉质深处的，搅不到一定力度，搅不到一定热度，搅不到它万不得已，是不会出来的。

把干爽如沙的土豆搅出水分和油质，得搅多少圈，搅到什么程度，实在不知道。只有不停地搅下去，才有望接近结果。搅，可不是随便地胡乱搅，也不是不费力地搅，那是左搅右搅，快搅缓搅，重搅轻搅。光顺搅不行，还得逆搅。往往顺搅轻松，逆搅费劲，这样顺搅的速度和力度就快而重，逆搅就慢而轻，如果不均等，土豆的精髓就请不出来。而且光快搅也不行，也得缓慢地搅，以快为主、以慢为辅。快搅把藏匿在土豆沙中的精灵搅晕和搅醉，搅得它离开安乐窝，无处藏身。而被搅醉了的土豆精魂，要通过慢搅让它醒过来，醒过来才能动，能动才能离开它的藏匿之处。这时，干如沙土的土豆就会越来越稀，再由越来越稀变得越来越黏稠，进而越来越筋道，土豆泥团就会散发出土豆精魂的味道——浓郁的清香。

土豆成了搅团，便不再是土豆，"涅槃"成了土豆泥的精灵。土豆不是饭，搅团便成了饭，清纯的香溢出碗来，即使仅撒点咸盐，也会让人吃得解馋又解饿。如若浇上油泼辣子和酱油醋，那便是美食，百吃不厌。那时家里缺粮断顿，一碗土豆搅团是一顿饭，即使没有油泼辣子和酱油醋，"干"吃也诱人口舌。

没耐心与耐力，搅不成真正的搅团。而饿着肚子时难有耐心与耐力，为把土豆尽快搅成团，我在土豆碴里加水，土豆很快被搅稀；我专挑水大的菜土豆搅团，不费太多力就能搅稀。虽然不用费力，但不管用多少劲儿，却搅不成团了，也没有土豆特有的清纯味儿。也用过加上香油偷懒的办法，搅出的只是一碗香油味的稠粥。妈夸我"搅"得好，居然搅出了土豆油香，以后就这样"搅"。每次做搅团，我都很在意搅中的微妙变化，所有细微的变化，都让我感到搅的有趣和妙处。

搅让土豆发生了什么样的变化？一碗没搅成团，一碗即将搅成团，一碗搅成精致团，倘若放干巴了是什么样子？似堆散漫的碴儿，似块粗陋的泥巴，似团坚硬的石块。没搅出土豆魂的团，是不会坚硬如石的。可见搅以极致时，土豆不再是土豆，就变成了土豆精。土豆精，让人觉得好吃，让人胃肠舒服，让人耐饥解渴，回味无穷。

我从挨饿的那时起，就学会了如何搅碗香的土豆搅团。香的搅团让我吃而不厌，也让我从搅团里得到了"搅"的启发，感受到了"搅"的奇特作用，觉得"搅"会使所有的物质，成为人喜欢或不喜欢的样子。

我要吃凉皮子，得把面的筋与面分开，这得搅。在一盆稀面糊里柔和地搅，耐心地搅，到一定份上，就搅出了更稠的东西，那就是面筋。面筋是成了糊的团，能轻易地滤出来。滤出面筋的面糊就成了面汁，没了"骨头"，蒸出的凉皮子薄嫩柔滑，细腻爽口。而被蒸熟的筋，却是蜂孔般的橡皮筋，吃起来又是另般味道。搅，让面与筋骨分离，成为凉皮，成了人见人爱的名吃，真不可思议。

一盆面搅成团的结果，是再也搅不动了，已是面与面难舍难分的团了。若此时切片下锅，摊平烙饼，滚圆笼蒸，会即刻成为香美的主食。"人生一碗面"，平常人几乎每天都会搅面，面不搅拌，形不成团，不成团就没有千变万化的面食。

一锅粥在火上，不搅米，沉底糊锅煮不出粥来。煮出好粥既要好的火候，又要搅到好处。其分寸就是时不时地搅到底，煮到稠稀合适的程度，就算搅到家了，也煮到家了。天下最难煮的饭是粥，没有恰到好处的搅，煮不出绝好的粥。

一堆土浇上水搅，搅出一堆泥来。泥，是万能神物，用它可以盖茅屋，也可以建宫殿；可以造院墙，也可以建城堡。泥，无论是用在茅屋上，还是用在宫殿上、院墙上、城堡上；是把它粗糙地用，还是精细地用；是不求长久地用，还是要它经久耐用，同样的泥，关键在于搅。搅到了干稀的绝佳地步，搅出了泥的精魂，泥成土坯，泥成砖瓦，泥成墙，泥成屋，泥成人的任何需要，就有了不同的生命长度。

人的一日三餐，人的一辈子，是在搅拌米面、搅拌泥水中度过的。搅，让人获得美食和饱腹；搅，让人有了遮风挡雨的住所。

搅是生活，搅是获得，搅是创造。人的生活是"搅"出来的，人的智慧是"搅"出来的，人的幸福是"搅"出来的，世界也可以是"搅"出来的。

怀　春

　　怀春的女人，脸会洋溢喜悦和憧憬，还有随时流露的羞涩。一朵花儿的含苞与盛开的神态，十足表达了它怀春的情愫。因花儿喜容的表情，实在悦天悦地悦人。女人也是花神的天使，也是来悦天悦地悦人的。当我思索花儿为何总有一幅怀春的表情时，我苦想到的答案是，每朵花儿确是文学艺术的怀春天使，她们是文学女青年，也是文艺女青年。当我把花儿与女人联系起来时，文学女青年好像怀春的花儿，总是比其他女人多了一份喜悦、梦想和羞涩。

　　文学怀春，似一朵花儿充满自信。自信的花儿，是怀揣美好梦想的样子，呈现敏感、忧郁和灿烂的面容。这是她心底诗情的种子在发芽生长的缘故。诗的种子在她心里生长，于是就有了花样千姿百态般的特征。

　　文学怀春的女人喜欢跳跃而信马由缰的想象，喜欢不合时宜且紧跟潮流的浪漫，喜欢在悲伤与希望、接纳与排斥、理性与感性中漫步。

　　这些特点已成文学怀春女人的天性。这些天性，是很早种下的文学萌芽，随着年龄增长，到一定时日便结出了文学的果实。这些女人的脸上，印着她追逐文学一路走来的喜悦与苦恼印迹。

　　那是她会读诗的懵懂年龄，偶然读到了那些诗，那诗好像是写给她的，她心底的情丝被诗句说中了，诗情那么撞心、醉心："关关雎鸠，在河之洲。窈窕淑女，君子好逑……"；"……在炉栅边，你弯下了腰，低语着，带着浅浅的伤感，爱情是怎样逝去，又怎样步上群山，将面庞藏在了繁星之间。"；"轻轻的我走了，正如我轻轻的来；我轻轻的招手，作别西天的云彩……悄悄的我走了，正如我悄悄的来；我挥一挥衣袖，不带走一片云彩。"

这些诗句让她心跳，在她心里回荡，并在她心底落下了诗的种子。诗的萌芽在生长，她对诗神入心有了悸动，她因诗神猜透了她的心而羞涩。她在喜欢一人、一景、一物中深爱了上诗。诗心诗情从此使她怀春，文学从此使她怀春。

那是中学时被拉入学生诗社里，她读报纸上的诗，读名家的诗，也读手抄的诗。她迷恋诗迷到了一刻也不能离开的程度，梦里、行走、吃饭、课堂，诗在满脑子转。睡熟的鼾声里吟出诗来，独自行走时涌出诗来，朗诵起诗来像疯子，吃饭拿着筷子也拿着诗集，数理化书上写满了课堂诗作，甚至在聊天中也情不自禁地朗诵她的新作。诗使她着魔，她在梦里也诵诗。母亲忙摸女儿是否在发烧，父亲疑女儿生病，路人看她边走边念叨诗说她有病，同学们在听课她在写诗说她有病，老师看到课本上写满了诗说她真有病，甚至连痴迷她诗的人也说她有病，她也怀疑自己对诗着迷到这如痴如醉的地步是有病。

怀疑她有病的人很快回过神来，她这哪是病，是对诗歌的怀春。这偏执，谁也拉不回来，随她去吧。连她也拉不回来自己，她不愿远离诗歌。她喜欢诗歌，热爱文科，厌烦理科，从此成了偏科生，成了十足的文学青年。她写蓝天，写大地，写忧愁，写幻想。她写了很多诗，诗如飞翔的彩蝶，落到了很多人的心田，也使她的心降临了困惑。那是一份份求爱信，是文学男青年以诗歌形式写的，是俊男们用赤裸裸的白话写的，说何等地步地想她爱她。这些求爱的诗和火烫的信很肉麻，肉麻得让她从此陷入苦恼。难道是写诗招的"风"惹的"祸"吗？她找不到答案。

她讨厌起诗歌来，她讨厌写求爱信的人。她的讨厌情绪越重，她在别人眼里越发神秘和高贵。她让"情种"们越发迷恋了。她堵不住频繁飞来的求爱信，更抛却不掉植在心里根深蒂固的诗情。她不知道他们哪首情诗的情是真的，她不知道哪份情书的话是真是假。但她终究抵不住那情诗的穿透力，被一个诗歌王子"俘虏"了。

就这样，诗歌与恋爱的中学时代过得很快，她要在婚姻与文学男青年上做出选择，她做出了痛心的选择。随着她去远方上学而没有接到大学通知书的他留在家乡做工，他们疏远了，她与他都清楚，文学里长不出大米，诗歌里没有体面的职业和房子。这场分手，又让她怀疑起文学来，埋怨起文学来——文学真是个坏透了的东西，让她爱上了他；文学是个软弱无能的东西，在现实生活里让她不得不放弃他。

她叹文学的怀春，给了她忧伤和失望。

在她放弃恋爱的大学生活里，虽有一腔文学热情，但她仍对文学与未来有着更多的迷茫。她考大学时发誓要远离文史哲，可在无奈之下仍选了中文系，成了一个地道的中文系女生，成了一个"专业"的文学女青年。中文系和文学，让她对未来深感自卑和困惑。中文系毕业生谁要？反正经济部门难进，薪水高的地方没位子，机关里学文科的成群成堆，上哪儿就业？

想到未来就业的困境，她就讨厌起诗歌，厌烦起文学来，还发誓绝不找文学男青年为夫。她讨厌文学男人，认为有的人抱着文学的火炉发烧，写诗的非癫即疯；写小说的脑子里尽是胡编乱造；写文学评论的大多在学做咬人的差事；写散文的人尽是些小情调。她婉拒所有文学男青年的求爱，也不接受对数字格外精明的理科男生，但格外盼望与学天文的男士为伴。她觉得搞天文的男人仰望星空，内心高远。可在她的求爱者里，却没有一位天文学子。

虽厌烦文学，她还得硬着头皮把学业读下去，虽讨厌诗歌却还在写诗，虽讨厌文学男人，但还不得不与他们在一起。不读又能干什么，不写诗又能写什么，不与他们一起又能怎么办？只有读中文系，只有写诗，只有与他们在一起，才觉得人生有光亮，才觉得灵魂在飞翔，才觉得与人有共同语言。她发现自己对文学、文学男青年与诗歌的厌烦已根深蒂固，但又摆脱不了潜意识里对它们的亲切感。

在这喜欢与无奈、困惑与厌烦、陶醉与迷惑里，她读着写着，还崇拜上了一大串中外文学名家，甚至自己的灵魂也被名作带到了远方。大学毕业的她，成了地道的文学怀春者，因为她满脑子都是诗歌。除此，她的脑子里不愿意装别的东西、别的"俗"事，如股票、投资、利息、赚钱、当官等之类的事，不感兴趣。文学的怀春让她厌烦起金钱和高楼，喜欢起山村的清静和小屋来。

那是她毕业到一个机关做职员的苦恼，她做梦也没想到竟写不出诗来。这里的文字是讲话简报汇报材料，诗歌与文学不大适应职场。她给领导的文字尽是诗的语言和文学的气息，被领导毫不留情地"打"回来让重写，或让别人改写得面目全非。机关的文字要的是理性思维与有板有眼的表述，不需要天马行空与浪漫情怀的诗歌语言。她痛苦地转变思维与写作方式，她得把诗歌那有温度、好激动、好悲伤的语言变得直白、平静、干练。她脑子里装的尽是诗歌，稍不留神就写成了诗语，领导不喜欢，文章通不过，处境很尴尬。

她决意使自己的文字脱胎换骨。她便模仿简报语言，琢磨领导讲话，研究材料套路，品味官场语言，学习职场巧语。她把机关的各种实用语言学得差不多了，成了机关的"笔杆子"，可她却渐感离文学远了，写不出诗，写不出从前那样活泼乱跳的诗了。

那是她成为人妻的日子里，家务早把诗歌的怀春赶到了心的角落。她拒绝了文学男青年的追逐，嫁给了银行的金融才子。实际上他也曾是爱好写作的文学男青年，恋爱时崇拜她的诗歌，能把她的诗倒背如流。但婚后他不再背她的诗，也渐少提她的诗，甚至看她写诗还会抛来不屑一顾的表情，甚至对她报刊上发表诗作会扔来很酸的话。他说只有钱是最实惠的。他在拼命挣钱，从不读一首诗，更不摸一本诗集。他不愿意听她谈诗与文学，家里存款丰厚，但他不愿拿出不多的钱为她出版一本诗集，他情愿拿大把钱让她买高档衣服。他不高兴她堆得满桌子的书，他不高兴她放下家务沉迷在书里。她便在家里少有读诗的心境，她便埋头做家务而不再读诗写诗。她在单位成了材料写手，在家里变成了贤妻良母。她对诗歌的文学怀春，只好放置在楼阁，时而仰望，时常痛楚，却没有办法让它回来。

那是她在漫长的职场生涯里，她的怀春在移情。她的脑子里尽是材料和简报，她与诗歌的文学渐远，写不出满意的诗了，诗情离她远去。虽然写不出从前那样的诗了，可她却做领导了，优厚的待遇和众人的拥戴让她感到比写诗实惠。她的诗歌的怀春在消褪。

她心里的诗情虽在没落，但文学的怀春仍在体内。她钦佩那些辞了公职的文学怀春人，她们出着自己一本又一本作品；她羡慕那些美女文学编辑和美女专业作家，她们写着耀眼的作品又过着金鱼般优哉游哉的生活；她也眼馋文学怀春的老师和写公文也写作品的机关"两栖"文章高手。可是她已写不出诗了，即使偶尔写点什么出来，连她自己也十分不满意。她瞅着自己写的不如意的诗脸红，她知道自己的内心早已失落。她明白，内心的失落，是诗歌怀春的失落。这失落让她感到了精神的无寄托，她意识到了这失落的可怕。她多想回到从前诗歌怀春的困惑里，甚至是在苦恼里也行，可她已回不到从前那文学怀春的惊喜和困惑里。她想那困惑和苦恼尽管很折磨人，但那是文学的，她是文学的，那是充实和幸福的。她感到远离文学的怀春，心便走近了荒原。

她在职场与交际场越舒心越陶醉，她的诗歌怀春便越淡然。她感到失去诗意的内心，已找不到自己。

她与诗歌越发陌生，她越发追寻诗歌的怀春。她读着太多的诗歌，但就是读不出从前的诗意喜悦；拿起笔来寻找诗情，可曾经的诗情却找不到回家的路。

她陷入深度苦恼，是诗歌的美妙不如从前了，还是自己的内心没有诗意了？她说不清楚。她渴望她诗歌的心灵再次怀春，但她发觉很难。她希望自己还会如从前那样，也相信会写出比从前更穿透灵魂的诗作来，她想到诗歌怀春终究会降临心田，便对未来人生充满了无限憧憬。

那么她究竟能否回到曾经的文学怀春里呢？她感到诗已走远……

楼里楼外

　　我每天从一个楼上另一个楼，从一个电梯下来又上另一个电梯，从一个高层的房子出来又进了另一个高层的房子，一个高层是我的家，一个高层是单位的办公室。两个楼里偶尔能碰到熟人的是办公楼，碰不到熟人的是住家楼。至于楼外的任何一条马路上，几乎碰不到熟人。

　　我不知道单位的楼里有多少人，也不知道今天谁在谁不在，更不知道来了又走的陌生的面孔是谁。住家楼里就更不知，这高大的楼里一百多户住的是什么人，他们是干什么的，感觉发生了很多事情和离奇的故事我浑然不知，楼里谁走了而谁又来了，甚至那些面熟的人去了远方还是永远离开了这个世界也不得而知。在这两个楼里上下十多年，在通往这两个楼的马路上，或与这两个楼有关系的马路上，一年也碰不到几个熟人，熟人到哪里去了？自以为单位的楼最熟悉，而单位楼里居然有许多人我不认识也不认识我，甚至有人离开这楼好几年了，才在别人谈话中得知楼里曾有这么个人。自以为住家楼最熟悉，而住家楼里住着千把人居然没有几个我认识和认识我的。这让人越发感慨，高楼里住着相当于我老家一个村的人，马路上走着的比我老家一个镇的人多，住了几十年高楼，走了这几十年的马路，竟然与同楼人仍然那么陌生！都市的高楼和宽阔的马路真是个怪物，把人聚到了一起，又相互老死不相识不相知不相近，相互的心都藏在千山万水的地方，不愿意让对方知道真人真事真心真情及与他相关的蛛丝马迹的事情。都市，让人挤到了面对面，却让人把真身藏到了天外天；让人看到了太多，却让人知道得太少。我越发怀疑起都市的高楼和宽大的马路来，这高楼和马路灯火辉煌的后面，有什么？

这办公楼比我的年龄还大，每年每月都会有人坐在楼里成为主人，而每年每月都会有人离开这楼成为路人。这种情形一长便让人有了恍惚感，人与人聚集在这里不是享受生活的，而是因为薪水待遇名利和梦想等等不得不进到这楼的。一座楼倘若没有这些东西，谁会来这里呢？一群从四面八方进了楼的人，心与心本是陌生的。陌生的心，对别人是封闭的、警惕的、猜疑的、多虑的、自卑的、孤傲的。是蜂窝一般的阁房和冷厚的墙隔断了人与人相识相交的渴望吗？不是楼的墙，而是心的陌生。这蚁穴的摩天大楼，恰恰迎合了陌生心的需要，每个人都盼望让隔离墙把自己与别人隔开，因而往往人越多的办公室是非越多，争坐单间办公室的人挤破了头。

这高入云端的住家楼住着上千口人，二十多年前我住进这新楼，到现在楼仍新着，当年抱着进楼的婴儿成了大人，抱婴儿的女人成了大妈，大妈和她的老伴成了老人，老人成了古稀老人或故人，进楼的中年人成了老太和老头，当年的婴儿长大嫁人走了或娶了娇妻进楼……这楼里有常住的、借住的、租住的和机关的、经商的、打工的、摆摊的、搞文的、玩武的、无业的，南方人、北方人、外国人，居住和进出的人形形色色，可没几个人认识我，我也不认识几个人。琢磨起来，不是不认识更多的人，而是从不关注更多的人，也从不想认识更多的人。别人也许跟我的心态一样，从来不想关注我，从来不想认识我，认识也装作不认识。虽然几十年在楼道相遇同乘电梯同进出楼门，可彼此假装陌生人一旦习惯，也就成了长久的尴尬习惯、长久的正常习惯，继而便是长久的冷漠习惯。我讨厌这个习惯，但这习惯成了楼里的文化，我又被这习惯同化了，无奈认同了这种文化。

单位与住家楼下的马路人车如水，我从这人流里穿梭到单位，又从人流里穿梭到家，从家穿梭到另外的地方办事，擦肩而过的男女老少，几乎没有一个我认识的人，也没有一个认识我的人。偶尔想见到一个熟人，哪怕是我曾经讨厌的人也很难。因而我时常纳闷，我在这个城市里生活了几十年，认识的人总有几百上千了吧，可就是很难遇到。为什么呢？想来这些人散在几百万人的城市里，简直就如同一根针掉在大海里，要遇到一个熟悉的面孔，那得用"碰巧"来解释。必须时间巧、地点巧、眼神巧。没有这任何一个"巧"，都是难以碰面的。在这人海里穿行，我总是感到非常孤独与寂寞。

在人多的楼里和楼外的人海，我很孤独寂寞，好像也不只是我孤独与寂寞，很多人与我的感受相同。这怨谁呢？我很长时间怨人与人之间太冷漠。很少有人没事来敲我办公室的门，与我坐聊一会儿；马路上的人天生冷面孔，我每当看到这冷面孔，就顿生冷漠愁绪。而又反转一想，我在楼里也从来不会无事去哪个人的办公室坐一会儿的，见到楼里楼外陌生面孔也从来不会脸露一丝微笑的。我的孤独与寂寞，也有我的责任；别人的孤独与寂寞，难道与我没有一丝责任？一定有的。

引发我关注起楼里楼外事来的是两个人。在饭桌相遇的一位陌生的先生竟是与我同单位，竟然他在我楼上我在他楼下，上下相隔几十公分的墙从没见过，竟然近十年同出入大楼相互不认识，要不是这餐饭，我们不知会何时认识，也许直到退休也不会认识。他同我一样感叹，在这座摩天大楼出入多年大多人不认识他，他也不认识别人。一个楼里的人既没有业务联系，谁会想到认识谁，认识与不认识又有多大意义呢？原来楼里的陌生，是有理由的；楼里同层好几个人不见了，好几家人不见了，我压根也没注意到同层少了谁，少了哪几家，只看到有人搬进才知道有人搬走又有人搬进了。这几家搬走人的面孔是怎样的，一点也想不起来，即使是面对面也想不起来我曾是他们邻居，他们曾是我邻居。楼里都是陌路人，直到楼外那纯粹的陌路人。这是多么让人感到悲凉的事情啊。

　　我在这都市的摩天大楼里和宽大人多的马路上，常常寂寞与孤独得想回到老家的村庄。我在村里走来走去，人们在村里进进出出，我认下了村里大多人，村里大多人也认下了我。不管我走到这个村还是那个村，路上和门口总有人喊我的名字，朝我投来笑意表达他们认识我，我也同样尊叫长辈叫上同辈及晚辈的名字表达对他们的礼貌和友好。村里几百户人家，老人们谁都知道谁是谁的长辈谁是谁的儿孙。长辈们常指着我对别人说，他是谁的孙子和谁的儿子，村人对我的笑和招呼，使我总洋溢被人重视和受到尊重的喜悦，我就对重视我的村人心涌好感。我喜欢有事无事在村里溜达。溜达多了，我认识了更多的人，也成了更多人家的客人。我在村里走过，如若是吃饭的时候，总会有人拉我去他家，端上一碗拉面，赶上过节还会端上酒，还会拿出最好吃的东西招待我。我在村里的任何人家，其他人在村里任何人家，都有这样的礼遇。这让我感到，村里户与户有一条连接很深的根、人与人的心里也连着很牢的根。是浓情的根。这情的根，让人少了很多孤独与寂寞。

　　我自从离开村，就没了这样的根，我渴望情的根。发现城市越大人越多的地方，越找不到情的根，也找不到更多的地方安放情的根。楼里楼外都是坚硬的墙和路，景是假的，面孔是冷的，表情是假的，甚至许多笑也是假的，好像谁的情根都找不到落脚的地方。所以更多的人只好把真情的根藏匿起来，直至它老去死去。多么可惜，都市里那么多真情的根，接不上根与根的气息，连不上根与根的相通。情无根，人孤独，都市让人感到是一叶情感的孤岛，离真情的彼岸很远。

　　这楼里楼外的一切早已成为我生活的空间，它对我无所谓，可我离不了它，绕不开它，我的梦里为何常有家乡的村庄，为何把楼里楼外变成了沙漠荒原？是想到了这繁华的都市、这钢筋水泥的都市好似生硬的机器，缺少人间的真情融合？我认为，真正情真质朴的生活还是泥土的田园村庄，是老家那情根相连的集群生活。情根相连的地方，才是人间真正的乐园。

乳汁的颜色

乳汁是什么颜色？毫无疑问是乳白的，而我却把它看成另一种颜色——红色，鲜红的血色。我不仅把它看作是鲜红的血色，还把它看作是纯粹鲜红的血。滴滴乳汁，是滴滴鲜血变成的。

母亲的每滴乳汁都是鲜血变成的。这是我懂事以后印刻在脑子里的认识。长久以来，我便把母亲的乳汁，看成是她血管里流淌的鲜血，乳汁是她血管里的血变出来的香汁，奶水与她的血水没什么区别，只是鲜红变成了乳白、腥味变成了甜味而已。

我感到乳汁是母亲血管里的血时，我的心刺痛般难受。那时，父亲长年生病花费很大，家里没了主劳力，经济来源全靠母亲和新元哥，家里日渐贫穷，吃了上顿没下顿。弟妹出生也不逢时，家里的贫寒，使劳累和愁苦的母亲瘦得皮包骨头，自然没有太多奶水给孩子们吃。相继出生的弟妹正是吃奶的年岁，没奶水又买不起奶粉，母亲的奶水是他们活命的唯一依靠。可挨饿的母亲时常没有奶，偶尔有点奶水，很快被孩子们吸光。饥饿让人恐惧，弟妹牢牢吸着母亲的奶头不放，母亲只能把她没多少奶水的奶头塞给孩子。没有奶水的奶头，吸的是血肉，母亲疼得眉头紧皱。母亲的乳房虽然被弟妹吸咬得疼痛难忍，但她会强忍疼痛，不把奶头从孩子嘴里抽出来。

吃不到奶水的弟妹会慌乱哭闹，越发拼命咬着奶头不放，恨不得把奶头吃进肚子里。母亲的奶头被吸出了血，弟妹的小嘴里满是血水。母亲忍着难以接受的痛，仍不愿把奶头从孩子嘴里抽回来，时常望着孩子的可怜样，泪流不止。泪水掉到了弟妹的嘴唇，被他们当作奶水吸到小嘴。泪水与那吸出的血水一并咽了下去，咽得极其香甜。此时的弟妹，总算吃到了几口"奶"水，也总算得到了在极度饥饿中的一丝安慰，也是没了力气哭闹吧，转眼睡着了，嘴角挂着血的奶水。

当我看到母亲的奶头被吸出血水时，母亲辛酸地抽泣，我的心里在流血。母亲的奶，哪是奶水，简直就是血水。我怨弟妹饿狼般吃奶对母亲太残忍，而母亲说我与弟妹饿急时没两样，吸不出奶水不罢休，也是把她奶头吸咬得血糊糊的，吸出来的照样是血的奶水。

母亲给我讲了全家挨三年饿，我吃了她三年奶，比弟妹更调皮更为难以承受的事。

上世纪六十年代初的三年自然灾害，那是个少有的饥荒年代，没有粮食吃，全村人都靠喝菜汤度日保命。我偏在这时来到世上。我家更穷，连菜都不常有，只能挖菜根充饥。喝菜汤又苦又涩，母亲的奶水稀得像清水，喂不饱我。

没有喂我的食物，只能喂我菜根汤。菜根汤苦涩难咽，我哭闹，母亲只能让我吸那大多时候没奶的奶头。母亲说，没有奶喂饱我的肚子，我除了睡着，就是睁眼哭闹着要吃奶，她只好把没奶的奶头塞到我嘴里。奶头常被我吸破咬破，吸咬出了血水，我就把血水当奶水吸吃了。三年饥荒，母亲让我吃了她三年奶，我不知道吸咬破了她多少回奶头，不知吸吃了她多少回有血的奶水。

每当我看到母亲的奶头被弟妹吸出了血水，看到吸得她愧疚地掉下泪水，我就难过。母亲说，妈不怨你们，怨就怨她当妈的没奶水。母亲对孩子的慈爱和对自己的责怪，让我的泪在眼睛里转圈。

有一次，饥饿难耐的弟弟吸不到奶，哭闹不停，没有任何办法安抚孩子的母亲，也是为没奶水痛苦到极点的母亲，打了弟弟。本来饥饿虚脱的弟弟，已哭得有气无力了，又挨了巴掌，竟然吓得没了气息。母亲赶紧把他抱到怀里，又把没奶的奶头使劲塞入弟弟的小嘴巴，可弟弟的嘴就是不张。母亲硬是把奶头塞到他的嘴里，他却没有感觉，弟弟没了知觉。这可吓坏了母亲，母亲疯了似地叫他亲他好一会儿后，弟弟的嘴动了，脚也动了，很弱地哭出了声来。母亲赶紧又把奶头塞到他嘴里，他伤心地边哭边吸了起来。奶头没有奶水。没有吃到奶的弟弟也许是失望到了绝望，也许是没了力气哭和吮吸奶了，含着奶头睡着了。弟弟睡着了，母亲伤心地哭了。

没吃到奶而挨了打的委屈事，在弟弟这里发生过多次，只因弟弟太"闹"，只因母亲忍受不了他的哭闹，就把自己没奶的生气撒到了弟弟身上。母亲说，没奶水让他受了不少委屈，也让她没少生气又揪心。母亲又说，最让她生气又揪心的是我，把我生下来时吃的只有菜汤，奶水少得喂不饱我。后来饥荒更重，饿得人浮肿，奶水就更少了，少得一天只能吃上几口奶。没奶，只能喂我菜汤，可菜汤喂到我嘴里，我会立刻吐出来，扑着找奶头，咬着奶头不放，可奶头里没有奶水。那已是连续两天没一滴奶了，要是再没奶水，我就会被饿死。

饥饿让母亲快要失去活下去的希望，她被饿得实在难忍时，在喝菜根汤反胃呕吐时，就想一死了之。可她面对怀里和身边的孩子，又从绝望里爬了起来，强忍着喝下难咽的菜根汤，也强迫姐姐哥哥喝下菜根汤，她要活下来并要让孩子们都活下来，她要生出奶水，不能把我饿死。由于母亲超人的坚强，我每天都能吃上点奶水。

三年灾荒，母亲喂了我三年奶，我不仅没被饿坏身体，还被母亲的奶水喂得胖乎乎的。当母亲说到我不知多少次咬破了奶头，也从奶头吸出了血时，我的心如同扎了密集的刺，钻心地疼。

我和弟妹赶上了灾荒和贫困的特殊年月，便有了依靠母亲奶水活命的惨痛经过，也便有了母亲没有奶水的苦难之痛，有了因哭闹吃奶而吸破和咬破奶头对母亲的伤害，也成了我们兄弟姐妹倍加感恩母亲的情感烙印。

　　经历了饥饿的我和弟妹们，也是靠母亲稀少的奶水活了下来的我和弟妹，对母亲的乳汁，有着生与死、血与肉的特殊理解。因而在我的情感里，母亲的乳汁，是血一样鲜红的颜色，是母亲血管里流出来的滴滴鲜血。

满天"祥云"飘过来

一朵朵"祥云"飘过来，"站"在窗口朝我微笑。我紧闭数十天的心扉顿然被它灿烂的笑"推"开，它把我"带"入了"祥云"的世界。我被这温暖的"祥云"拥抱，如同委屈的孩子扑到了母亲的怀里，压抑许久的情感闸门顿时打开，泪流不止。

这飘过窗口的"祥云"，并不是今天才从窗前飘过的。在我窝家许久的日子里，它时常从窗前飘过，也时常朝我微笑，可是我却对它那祥和的微笑感到陌生，因我眼含泪水，所以看到的"祥云"好像也在哭泣。

可今天的朵朵"祥云"为何如此妖媚动人，又为何催我泪下呢？因为在这一天，我看到了由危转安的一幕——武汉劫难结束，华夏免遭浩劫，往日阳光和美的日子回来了。中华天空布满了"祥云"，这"祥云"催人流下喜悦的泪水。

就在几个月之前，当新春脚步带着年味到来的时候，有个恶魔在武汉登陆，冠名"新冠肺炎"病毒，它横扫四野，席卷八方，让数以万计的人病倒，让数十亿人共同与恶魔展开较量。专家劝告不要出门或少出门，于是封城封村，关门闭户，居家隔离，切断魔鬼之路。病毒没有来路、隔离没有预知、较量没有期限，魔鬼在掠走鲜活生命的同时，人们也陷入了危难之中。

关在屋子，不敢出门，不敢打开窗户，连头都不敢伸到窗外。门外窗外寂静得没了往日动静，空气似乎凝固成了透明的晶体，晶体的空气里好像有种没有影子、气味、颜色的幽灵，它在门外游荡，要把人拉入黑暗。

全民投入抗"疫"，城市乡村一时空旷得难见人影，窗外满是死寂的气息，死寂得连病毒也害怕。

躲起来的感觉真好，可躲起来的畏惧感日渐浓厚。防疫"攻略"警告，不出门不接触便无风险，那就不出门吧。尽管没有菜的储备，我依旧紧闭门窗，不采购、不倒垃圾、不收快递，中断与门外的一切接触。这些极端的反应，让我感到远离了病毒，也远离了死亡，心里顿时涌起了"安全感"。

可是，马路上会传来救护车的急叫声，那是新冠病毒患者在被急送医院抢救；电视里医院一线抢救病毒感染危急病人的场面，惊心动魄；医生护士被感染倒在抢救岗位上，让人心碎；附近楼里出现了病毒感染人家，就近小区出现病毒游荡的"足"迹……我紧抱手机瞅"朋友圈"的疫情动向，瘟疫席卷各地，想到幸福的家园要被病魔毁于一旦，焦急、恐惧、抑郁、无奈等情绪直窜，继而变成了"焦躁不安症"。这病症让我坐立不安、两腿发软、心跳失常、吃饭无味，我厌烦狂躁，失眠多梦。

瘟疫的灾难，不仅要掠走人的生命，还给人带来了难以估量的身心伤害。我受伤害的心口在流泪流血，且随着瘟疫的凶狂而愈演愈烈。

在我惧怕和沮丧到无奈时，武汉传来了更多人被救、康复出院的消息，各地医院的病人也不断康复，这真是天大的喜讯，曙光来了。病魔在被击退，疫苗也将研制出来，更多人将免遭灾难，国家有救了！

这是十四亿多同胞企盼的曙光，它的到来太艰难。我仰望这企盼多日的曙光，喜悦的泪水夺眶而出。这止不住的泪，不仅是免遭劫难后喜悦的泪水，它包含更多的是感动和感恩。

这感动和感恩的泪，是由飘在危难关头的片片"祥云"催来的。这"祥云"是那些把生死置之度外与病毒搏斗的数以万计的人们，是那些数以万计舍生忘死抗疫保社会平安的人们。

"祥云"片片飘过去，魔鬼在退缩，死亡获重生。

英雄大爱与科学决策，是金光灿烂的"祥云"，像一道道耀眼的电光，不停地飞落到了武汉和全国大地。"人的生命重于泰山，要不惜一切代价抢救患者"。"祥云"是阳光，暖透了人们的心灵。

治疗费用由国家担当，要用最好的药物抢救患者。中央财政紧急筹措资金迅速分批拨出保障打赢抗疫阻击战，大有掏空家底也要全力救治患者于危难的果敢。这"祥云"是彩练，搭起了抗击疫情的强大屏障，救治大战场，不漏治一人。

中央的抗疫急救物资山一般地运抵武汉和湖北抗疫一线，缺什么送什么；全国各地的抗疫物资山一般地运到了抗疫一线，用什么有什么。件件物资和款项如光芒四射的"祥云"，温暖了患者的心。

数万名"白衣天使"和四千多名子弟兵，在国家一声召唤下奔赴疫灾深重的武汉和湖北疫区前线，他们冒着生命危险，与死神展开搏斗。他们是朵朵"祥云"，他们"飞"到哪里，哪里的病人就有了生的希望。

数百万人民警察和保安挺身为战疫护航，不计其数的干部和社区工作人员挺身冒险围追堵截病毒。他们都是一朵朵"祥云"，他们落到哪里，哪里就呈现祥和安然。

无法计数的"志愿者"，是五彩的"祥云"，为抗疫挑起了重担，用他们的身躯加固抗击疫情的屏障，给受煎熬的人们送去了温暖。

源源不断的物资捐款向抗疫一线飞去，那是社会和海内外各方人士火热的爱心。这一颗颗爱心，是一朵朵"祥云"，给了人们不畏病魔的勇气，让人们感受到了危难中的人间真情。

在十四亿多人居家隔离抗疫的日子里，守卫国门的子弟兵，是片片"祥云"，让我们有了安全的家园。

坚守在医院、商场、交通、机关等岗位的人们，是片片"祥云"，让停顿的社会该转的地方照常运转，把生活的阳光照到了家家户户。

......

瘟疫的凶恶，让多少人闻风丧胆，更让患者惊恐万状；死神在病人身体中，走近患者就走近了死神。尽管面临死神，白衣天使们还是选择了救人的义无反顾，他们"扔"下亲人，冒着随时倒下的危险，从死神手里抢夺生命。他们是朵朵"祥云"，出现在哪里，哪里的死神就退却，就能把死亡线上的人拉回来。

那么多白衣天使倒下了，他们化作朵朵"祥云"，鼓舞更多的人与病毒作生死搏击。一时恶魔游荡的疫区，"祥云"密布，让凶残的病毒失魂落魄，使更多的人从医院康复回家。

......

面对这场百年不遇的劫难，全国人民一家亲。这聚集起的满天"祥云"，布起绞杀的天罗地网，让瘟疫丧胆毙命。幸运的是，战"疫"大捷，民族免遭灾难，国家免遭劫难，并迅速屹立于世界继续腾飞，这是多么了不起的伟大壮举。

国人为国家的强大而自豪，也为幸福的回归而感动。大灾面前见爱心，那些小至刚出生的婴儿大到近百岁老人的转危为安，无不是在用最高的免费成本和最好的专家资源全力抢救的结果，如此人民"生命至上"的救治，没有任何国家能够相比。全世界向中国投来羡慕的眼光——生在中国，作为一个中国人，多么幸运，多么幸福！

满天"祥云"飘过来，"祥云"是吉祥幸福的图腾，飘在中华山川大地上，呈现出国与家的幸福安康和繁荣昌盛。

大疫劫后无恙，是强大的祖国，给了我们幸福的家园。谁又不感恩这幸福的"祥云"，谁又不为这世上最动人的"祥云"喝彩呢！

恋 别

那个傍晚，是我离别村庄最后的一晚，也是与香香离别前最后一次见面。明天鸡叫时候，我要赶到一个地方集中上车，去很远的军营，好几年不能回家。穿上军装的那天，香香满脸的喜悦，也一脸的泪珠。我有好多话要对香香说，香香也有好多话要对我说，还要送我样东西。她把我约到了村西的弯子。弯子风小、暖和、僻静，有最后的牵牛花，还有寒风里幸存的韭菜和韭花。正是晚霞燃烧的时刻，玫瑰红染艳了弯子，这是冬天村外最有风景的去处，也是最富情调的地方。我的初恋，就在这个玫瑰色傍晚被加浓，也从这里被拉长了记忆。

香香已在弯子等我，碎花衣服和粉白的脸蛋，被艳霞染成一朵血红的玫瑰花，也被冻成一朵紫玫瑰，手里捏着几簇韭花和一团洁白的丝绒，在满脸羞涩地等我。我来迟了，我一脸的紧张，但她没有一丝怪我的表情，还安慰我说，你忙，我知道；弯子暖和，不冷，还有绿和花。香香的纯情和宽慰，总是撩起我对她的甜蜜幻想。

弯子没地方坐，只能站着说话。我们常在这里相见，也常在这里站着说话。乡村的恋爱简单，大多是站着说话。站着说话，保持距离，不会有非议，香香不紧张。香香站在牵牛花下，那小肩优雅地靠墙、小腿叉在另条小腿后的美姿，很是浪漫和迷人。

我有很多话要对香香说，见面又不知说什么好，半天仅说出几句话来，且总是重复那几句话。我说我不想离开她。她说你怎么老说这没出息的话。我说三天见不到她都难受，何况要三年！她说等我。我说复员回来娶她。她听到"娶"字，羞得低下了头。她低头不语，我便说不出话来。我怪她低着头不说话，她还是低头不语，原来她在掉泪。我的离别，竟使她这般难受，她在深爱我。

她掉了好半天眼泪，待她抬起头来，已是满面泪花。我问她为啥哭了，她说我知道。我说不知道。她说我在装。她责怪我的"装"，是指我和她极其难受的困惑，那就是她家人不同意我们的相好。她是村里大姓，我是小姓，家又穷，她的家人和族人在阻碍我们相爱。我说我对她是真心的，她说我的"真心"只说在嘴上，她没看见。我说我不知道怎么做才真心，她说我是傻子。

香香说我是傻子，我实在不知道傻在哪。她看我仍低头不语，我也不知说啥好。我在使劲猜，我傻在哪，我该怎么办。我问她如何做才会使她高兴，做什么会认为我不傻呢？她低头不语。我嘴笨得说不出话来，却只想做一件事，想拉她的手。我猜想她不会反对我拉她的手。

我要拉她的手，但我的心在打鼓，无论如何给自己"打气"，手都不听使唤。我俩感到接下来的渴望之事，必须是手与手的接触。她看我要伸手，显得极其害羞。我没有把手伸过去，是因我害羞且内心脆弱，我怕受到丝毫拒绝。我渴望她把手伸过来，可香香害羞地低下了头。我等待她把手伸过来，她却没有把手伸过来。

我搓着不敢伸出的手，我的手不知放哪里好，双手握成了麻团。香香的手也不知放哪里好，香香在瞅着我手。我的心在敲鼓，手在轻颤，却不敢把手伸过去。

香香骂我是傻子，我知道她的意思，可我的手仍不敢伸过去，说不出炽热的话来。香香懊恼地说，你不是有好多话要对我说吗，见面却哑巴了。我也埋怨她说，你不是也有好多话要对我说吗，却光哭不说。好半天过去了，我俩竟只说了两句话，我说"你等我"，她说"我等你回来"。

香香动情地瞅着我。我想拉她的手，更想抱她，我鼓足勇气把手伸过去。可我的手伸过去时，她却羞得身体往后缩，又低下了头，但却笑出了声音。

她在等我的手伸过来，可她的缩手和低头，使我的热切受到了冷遇，我把伸出的手又缩了回来。我的脸像火烧，我还想再次把手伸过去，但手却抬不起来。我那脆弱的冲动，被她手的后缩彻底摧毁了，再没胆量把手伸过去。

香香瞪我一眼，说我啥事没干脸红得像块烙铁。她的话使我的脸更发烧了。我多想鼓起勇气把她手拉过来，再顺手抱上她，可我血涌头顶，心要跳出来，手却伸不出去。我在等她把手伸过来，可她望着我只是笑，只是瞪眼睛，仍没有把手伸过来。

我多么渴望拉她的手，拉到她的手后就抱她，抱她的时候就亲她，这应当是我们今晚分别时最重要的内容。我在等待她把手伸过来。我想她应当把手伸过来的，我一直这么想和等待。因为我要走了，一走三年，甚至更长时间，她应当以此"慰劳"我，主动拉我的手，主动让我抱她，甚至应主动让我亲她。但她忸怩半天，虽有伸手的意思，却仍没把手伸过来。我那时不懂女孩心思且高傲，我反倒生了她气，她不主动把手伸过来，我偏不把手伸过去。

我渴望这最后分别的机会，也许在分手的时候，她会把手伸过来，或者我抱她一下。因为她手里捏着一团丝带，几天前她说在为我钩韭花白衬领。也许她送我韭花衬领时，会把我的手拉住，我便顺手把她抱起来，她如不拒绝，我便有胆量亲她，长抱她一次。这长抱她一次，是我每次与她相会时的渴望，因她从不主动，我就从来不敢。

　　长抱她一次，是我长久的渴望，渴望到了这分别的最后傍晚。我猜想刚才她的反应，她不反感我拉她的手，但她为何要把自己伸出来的手，缩了回去呢？这伸出的手缩回去，是什么意思？我不明白，却让我有了不小的失意。我失意的情绪，随着晚霞的消失在弥漫，我明天要走了，她应当主动把手伸过来，应当满足我的渴望，而她居然没有把手主动伸过来的迹象。寒风和夜幕使我渐失耐心，我的无知与高傲仍在升温。我决意不再伸出手来，要等她把手伸过来；她不把手伸过来，我的手绝不伸过去；哪怕几年不见，即使今晚的恋别让我失意，我也不主动把手伸过去。

　　我的渴望，看来她知道，但她最终也没把手伸过来。她为何不把手伸过来？是紧张与害怕的缘故。她与村里所有女孩一样，保守得像块不愿让人触碰的花朵，不过门绝不让男人拉手。我渴望的眼睛瞅着她，她也以渴望的眼神瞅着我，直到不得不分别，我们彼此都没有伸出手来。

　　那个傍晚我和香香的恋别，有冲动，却没有胆量拉手和拥抱，也没有亲热的话语，丢失了初恋的色彩，留下了恋别的空白，也使初恋的情愫在时光里渐渐淡去。

叶黄叶落写意

一片叶黄了并落下，就会有一树叶黄了并落下；一树叶落光，就会有枝枯，枯枝漫树，树就会病去或死去。叶黄叶落，是让我对一棵树既伤感又担心的愁事。

一棵落叶后的树能否在春天活过来，有可能就要靠它的毅力和运气了，就如同人走到生命的秋天，一颗又一颗牙齿脱落、一片又一片头发变白、两只眼睛昏花……树在落叶中死去，人在秋风中倒下，是难以预料的糟糕现象。见到叶黄叶落，见到枝黄树枯，就让我有了生命凋谢的伤痛感。看到每片黄的叶和每条枯的枝，会在我心中落下沉重的石头，会压得我喘不过气来。这是死亡降临的落叶，它会把人的情绪带到迟暮的境地，让人想到死亡，叶黄叶落，让我对消失和死去格外地敏感。

对叶黄叶落和枝枯树死产生的惧怕，是从记事起第一个亲人离世印刻进我心里的。家门口那棵树叶黄叶落并枯去的那个寒日，我爷爷忽然去世了，我怀疑是那棵枯树把我爷爷"带"走的。我恨那棵枯树的叶黄和死亡，恨它是棵不祥的树，我把这棵树砍了，碎成了柴、烧成了灰烬。门口少了一棵树，爷爷走了，树成了爷爷的化身，爷爷也成了树的化身。我每当看到无树的坑，就会想起爷爷，就会有针刺般的疼痛钻心。

是家门口枯树把爷爷"带"走了吗？我的眼里只有这棵枯死的树，我便断定树是"拉"走我爷爷的魔鬼。从那以后，我对叶黄叶落枝枯树死有了悲哀的偏执定义，从此料定叶黄枝枯，是在预报一棵树的死亡，或者是在预谋一棵树的死亡。

数年后的一个晚上，我梦到一棵老树上苍翠的叶子黄了落了，随之树枯了倒了。叶落的声音很大，树倒的阵势铺天盖地，叶向我砸来，树朝我扑来，我被落叶砸得昏头转向无处可藏时，老树拦住了飞奔而来的落叶，把我搂在了它的怀抱，我免遭落叶的陷害从而脱险，但我却被奇梦吓醒了。我恐惧这怪异的梦，我讨厌这与叶落和树倒有关的梦和实现的眼见，怕它是不祥的预兆和死亡的阴谋。这叶黄叶落树倒的梦，真引来了我难以接受的消息——奶奶于昨晚去世了。我深爱的奶奶，又是被那黄了的叶和落叶"带"走了，叶黄叶落树枯，更加印证了它是不祥之兆，是鬼魅的使者，或是死亡的凶手。

后来凡是梦见叶黄叶落，我就敏感和惊慌，而惊慌之中便怕有不祥的事情发生，可怕什么来什么，不祥的事情却偏偏出现了——是亲人，或是友人，不是病了，就是"走"了。我认为自己把叶黄叶落枝枯树死与人病人死扯到一起是哀情偏执，但我却摆脱不了叶落与人亡联想的心迹。这心迹从记事起家门口树的叶黄叶落与爷爷的离去，到梦里梦见叶黄叶落树倒奶奶的故去，再到梦见叶黄叶落而那么多的熟人朋友病去离去，我几乎是见一次叶黄叶落，就会有熟人友人离去，这使得我把叶黄叶落枝枯树死与人的生死看成了一回事。我知道这是奇怪的想象拉扯，尽管我明白这是东拉西扯找来的巧合，但我偏把这巧合看作是预兆。我在不断摆脱偏执又回到偏执的纠结中——寒秋的叶黄叶落枝枯，是不是在兆示人世间的生命也会同其一样，一片片一个个随风而落、随风而去？而我固执地坚持着自己的哀想，叶黄叶落是树和人生命消亡的预示，我固执地认为，一叶一树都是与人生命牵联的。

那夜梦到叶黄叶落树死的凄惨景象，白天就传来了我恩师重病住院的消息。他一天抽4包烟，喝酒大杯倒，半夜里起来写文章，每天要写几千字，脸黄得越来越像黄叶，给人以不好的预感。于是，这之后的某天凌晨便传来不幸的消息，他倒下再也没能起来。我想起春天与他见面的爽朗谈笑，他那张虽枯黄却仍鲜活的面孔渐黄不复，我担心他不会有叶黄之悲吧？而秋未到，他家门口美树上就有了黄叶落下，他忽然走了，于是，我在痛中荒谬地恨起了那片黄叶，是那片黄叶"带"走了他？定是他追那片黄叶去了。秋深了，又有了更多的叶黄叶落，就又有一个又一个的友人，紧跟着那叶黄叶落凋谢了，他们走得匆忙急切，且走得莫名其妙。

秋叶黄落，友人的戛然离去使我对秋的叶黄叶落敏感得陷入恐惧。我在那棵美树下哀思友人，那片凋落的黄叶早已不知去向，或是去了天堂，或者化成了泥土。我曾为叶黄和叶落叹息，也为他多病渐瘦的身体寻医，他很感动，但对病却不以为然，说"生命本同叶黄叶落一般，由绿到黄到落土，自然而然，无所谓长短"。他嫌我对叶黄叶落过于敏感且想得太多，我接受了他的埋怨，但我企盼他泛黄的脸变红润，他却跟随着黄的落叶走了。回想我与友人在那棵美树下的畅怀笑谈，仿佛仍是刚才的事，余音袅袅，可友人却已化为青云远去了。

叶从春天落到秋天，几乎天天有叶黄，天天有落叶，叶到秋天自然黄，叶到秋天随风落，秋是落叶的时节，是叶谢世的季节。秋是百花谢幕、绿色消亡的时节，让人怎能不为叶黄叶落悲愁。人越往生命的远处走，就越怕见到秋天，越怕见到叶黄叶落，更怕看到寒风里的枝枯。这是我把叶黄叶落与人病人去联系得太深切的缘故，也是把人故与叶落看成了一回事的偏执。春叶生枝，春是少年青年，夏入中年壮年，秋到老年暮年，秋去冬到，一叶一生谢世。叶的生命节点、花的生命节点、果的生命节点、一个枝头的生命节点与人的生命节点，它们是多么地相似。叶活在一年的季节，人活在年轮的季节，把叶黄叶落看作人生的缩影，实在是让我无法摆脱的生死的演绎感受。

凝望那片片黄了又落的叶子，我会想起那每张鲜活的面孔，它们曾在高贵的枝头上摇曳，是那么地鲜嫩青翠，是那么地旺盛生动，谁能料到它会突然黄去落去。生命真是不可思议，为什么会有叶黄叶落呢？这是生命的局限和悲戚。

一树的叶子、一林的叶子、一片世界的叶子，都在黄、都要落地、都会化为泥土，这么多的落叶，应当是逝者的化身。一年四季的叶绿叶黄，春夏秋冬的叶黄叶落，这还不到寒秋，那灵光的叶就黄了落了，落得那么着急忙慌。我瞅着那片片落叶，哪片黄叶是我友人的化身？是那片随风飞舞的叶，是那片紧抱泥土的叶，还是那片一动不动在沉思的叶？都似，都是。

叶黄叶落中的亲人友人纷纷离去，是巧合还是我的过分敏感，我实在难以说得清楚。而这敏感，随着新的叶黄叶落的出现，又变换成了伤感和悲凉。因为，一树一树的叶黄叶落，一秋一秋的叶黄叶落，都在不停歇地落入泥土，这和一个又一个人的病去离去，一茬一茬的人病去离去，是多么地相似啊。叶黄叶落是叶的生命规律，生老病死是人的自然宿命，尽管无法接受，但也得必须接受。

一个秋天送走一个年轮的叶黄叶落，一场秋风吹走一树又一树恋枝的黄叶，也为归入泥土的叶悲泣；一代又一代的前人离世回归泥土，一代又一代的后人为离去的人伤悲，也为未来的一天与前人一样离世归泥而悲泣，使得秋风和落叶成了大地上的悲愁诱因，使得悲戚成了前人和新人无法逃避的重复愁苦。

叶从叶绿叶翠到叶黄叶落入土，人从青春年少到病魔缠身中辞世，喜是多么相似，悲又是多么相似。可是叶黄叶落也是道风景，是秋最美的色彩，即使黄得将要败落的叶，也是黄得极致的大美之色，美得让人感叹不已。成了美的组合的叶黄叶落，实是叶生命的绝唱，生命最后的绚丽色彩。黄的叶和落的叶，好像没感到悲，也许它为自己的黄落而歌唱，它为落入泥土将变成春天另一片新叶而欢喜，叶黄叶落本无意，人的叹而悲，是没看懂其中的禅意，是我对生命规律认知的狭隘偏执。

为一片叶黄叶落而伤情，生者为死者而悲痛欲绝，一代代人重复着这悲痛欲绝的事情。人活着，活到老，会在不断地悲痛欲绝中走过，真是太苦了。人若不能从叶黄叶落中感悟到生命回归的从容与快意，就无法摆脱生死离别代代重复的痛苦悲戚。

"无老死，亦无老死尽。"当面对亲人和友人悲痛的时刻，当看到叶黄叶落凄惨的一幕，这句美语便响在了耳边，让我顿然止住了亲人友人离去时悲痛的眼泪，顿悟他们并没有离去，而是如落叶入土，又化成了新春的另一片绿叶和花草。如此想来，叶黄叶落和生老病死，是"一岁一枯荣，春风吹又生"的常事。

生者为逝者悲伤，这悲伤是高贵的，而悲伤虽富有情爱的意义，却在新生的禅意里没了意义。

人应当活在思念里，不应当活在悲伤里，这样看待叶黄叶落，就仿佛看到了满枝满地的金色。

花　花

　　我和同事下班一起打辆车回家，要直行是不经过他家的，到他家要绕过立交桥，得多出半小时。他要在家附近下车走回去。走回去，也就十来分钟的事，对一个年轻人来说，累不到哪里去。我要送他，他执意要走回去，但我还是坚持送他到了楼下。执意送他的原因，是看他的两个箱子有点沉，怕他把胳膊提疼；我与别人相处有个习惯，尽量让别人舒服些。既然车到路口，不如拐一下送到家的好，我想我不差这半小时。

　　这平常不过的小事，没想到出租车司机很在意。他问我，他是你的上级，还是你的朋友、客户，要不就是你所求的人？我说，都不是，是平常同事。他听了感慨不已地说，你这个人做人这么低调，真是让人喜欢啊。他把这事看作是低调。我问他为何这么说，他说，要说下车走比车绕方便。你比他大十多岁吧，从年龄、资历上讲你可以不送他，可你却坚持把他送到楼下，要做到这一点，不简单。我说，这事很平常，你夸大其词了。司机说，我一点也没夸张，这是做人的低调；做人就应该低调些，低调有人缘。

　　司机显然是小题大做了。他仍言犹未尽地说，开了很多年车，这样的小事天天见，但要做得让别人很舒服，可是很不容易的；有些人在对待人的热情和真诚上，总是缺那么一点，送人送了九十九里路，只差一里没送到，结果让人家不高兴。与人相处低调谦虚点，会拥有很多朋友。你看那狗，凡是夹着尾巴的时候，没人打它，要是把尾巴翘得高高的，人就反感，或许就有人会打它。聪明的狗，出了家门见到人，一般都会夹着尾巴走路，人就不会打它。做人也一样，最忌心高气傲，高傲就会有人反感你。我常给我大学毕业的儿子讲夹着尾巴做人的道理，可他年轻，张扬，说话口气大，常惹来祸端。对这道理，他不以为然。所以，我对低调做人，很在意。他把这样的事，看成是做人的低调，我觉得也确切。

出租车司机的借题发挥，让我对他肃然起敬。回味他的话，尤其他说的夹着尾巴的狗少挨打的比喻，很生动，竟让我想起了老家村里的一条狗——花花。花花的智慧，曾给了我很大启发。

花花是村里老张家的狗，狼狗种，黑毛白背，主人叫它花狼。花花有狼狗性，小时候很狂妄，雪白的尾巴总是翘得高高的，有挑衅和攻击人的感觉，人们讨厌它，看到它就打。

但这条狗是聪明的，挨打多了，也许它悟出了其中缘故。后来，它尾巴高翘的时候，只是在它家院里。出了自家大院，遇到人，老远就把尾巴夹得紧紧的，且一改往日凶狠的样子。这虽然是装出来的，但渐渐没人打它了。从此，花花在村里的生存处境大为改变，它可以到村里任何地方撒欢，游逛。不挨打的花狼，活得自由快活。

这事让我纳闷了很久，这狗怎么翘着尾巴就挨打，夹起尾巴就没人打了呢？父亲说，过去花花老挨打，是因为它尾巴翘得越高，威风就抖得越大，样子就越凶狠，人怕它咬，也讨厌这样子，它不挨石头才怪哩；狗夹尾巴，夹得虽然是尾巴，而收起的是威风和凶狠。没了威风和凶狠样，人看它善，谁会打它？父亲对我说，做人一定不要张扬，不要狂傲，不然就容易吃亏，挨打的。花花的"道理"，竟然成了我成人后为人处世的提醒。我感到低调和谦虚做人，不是小事。

我有好几次验证过这个道理的，其实那都是教训。一次是中学的时候，我是班里的美术骨干，我给班里画壁报画了两年，班里壁报非我莫属。有一天，我狂妄地对别人说，班里离了谁都行，离了我行吗？这话让老师听到了，批评了我。壁报也不让我画了，换了别人，我痛苦了好久。还有一次，是我提干的喜事，心里高兴，就欣喜若狂地跟几个朋友说自己如何了不起。没想到朋友中有一个是我单位干部科长的亲戚，肯定是他把我当时得意的样子描述给了科长，这人从此对我有了看法，待我阴阳怪气的，还影响到了我后来的工作。

这两件事，让我时常想起扬尾巴挨打的花狼和夹尾巴不再挨打的花花，我感到人若狂妄、骄傲时，就是倒霉要找上门了。后来，我在与人相处中，总是把自己看低一点，把别人看高一点；多吃点亏，多让别人一点。尽管这样，也还有人讨厌你。这让我感到，就是你低调做人，友善待人，也未必人人喜欢你，未必会有更多的朋友，何况狂妄、高傲？

这位出租车司机的内心火花，碰到了我从花花那里得到的启示，让我更为叹服花花对狂妄的收敛，它的智慧，藏着很深的道理。

一位先生的个性化生活

一个人每天要奔几十里地吃一顿午餐，且多年来风雨无阻地去奔这顿午餐，是这个地方的饭绝无仅有，是他在这城市无亲无故，还是他有什么特殊缘由？他有老伴和亲人，他有体面的收入，他有自己的家，他说不出赶这遥远午餐的特殊情况，但这午餐却成了他生活的必需，他每天非赶它不行。

这午餐不是筵席，是机关大锅饭菜，没有家的小炒好吃，他完全可以在自己家里做饭，完全可以在楼下的饭馆点菜，可他却天天去奔吃这顿午餐，连身体不舒服时也强迫自己吃食堂，变成了意志和体力的较量。他从退休后就没有离开过这食堂，一直吃到如今的83岁。他说他的身体爽朗，食堂师傅不拒绝他，他仍将在这食堂吃下去，吃到哪天跑不动，就罢了。

这个赶午餐的高龄人，是著名作家石英先生；这个食堂，是人民日报社食堂。石英先生住在西城的南礼士路，报社食堂在东城的金台西路。住在城西的他，要赶城东的食堂，食堂大门按点开和关，每天得按时赶路，不得耽搁，过了点儿吃不上，那就白跑。这在石英先生来说，犹如去朝圣，每天的赶路，不敢懈怠，马虎不得。跑几十里路吃午餐，在京城作家中唯一，在京城老人中也许没有第二人。石英先生的午餐，就成了人们的好奇，也就成了让人不可思议的谈论。

石英先生独居在北京南礼士路附近的一座高楼上，总共30多平方米的一居小屋里，除了一张不大的床和书桌，一台电视和茶几，再也摆不下什么家具。身材高大的石英先生，与这窄小的居室，是那么不匹配。屋子难以容下第二个人住进，更没有放女人梳妆台和大衣柜的地方；没有吃饭的餐桌，只能把茶几当饭桌；没有放沙发和多放一把凳子的地方，来客只能坐床头；没地方放书柜，书报只能堆在书桌和床边。窄小的厨房、卫生间阳台，刚好是一个人活动的空间，它"拒绝"过日子的女人。

石英先生在这小屋独居七年了，没有活动空间的屋子，他住得满心喜欢，床头挨着书桌，餐桌的茶几挨着厨房，上厕所几步之遥，倒也便利；透过微小阳台兼窗户的阳光，洒在书桌上，也洒在屋里，给这个斗室带来了生机，他写作时总能看到阳光和蓝天。他在这间小屋里生活、思考、读书、写作、会友，享受着一个人的清静世界，也享受着大多数人难以接受的孤独的奇妙。

石英先生住在这般小的屋里，会是什么样的感觉？他说，惬意而自在。他说这小屋出"活"。出"活"，就是能使他写作精力充沛，文章高产。他在这窄小的空间读书快而多，一天能写好几千字。他在这小屋写了多少篇文章，他自己数不清楚，却是从年轻时到现在，他已出版了七十多部小说散文诗歌等作品。惬意而自在，是石英先生享受着读书和写作给他的愉悦。他感受到了这窄小的空间，给他带来的难以形容的独静。

他这独静的享受感，我在多年前不大相信，以为石英先生委屈地在这小得可怜的屋里孤独地生活，是他人生的不幸和尴尬，绝对与快乐无关。因为他是上世纪四十年代战争年月参军且到地方工作后，享受离休干部待遇的高干。他有丰厚的工资收入，他有大而体面的房子，他有风雨同舟的老伴，他有关心他的两个女儿。他的高龄且继续往更高龄上走的年龄，与老伴与孩子住在一起，是理所当然的人之常情，他没有理由独居在这小屋里，就像旁人没法理解他而担心他安全一样，总感到他独居是个谜，也是很危险的事。别人的费解和担忧他清楚，可他从来没有搬回去的意思，他老伴也居然理解他的独居。老伴和女儿从不怀疑他超强的自理能力，也从不担心他身体出什么问题，他搬不搬回去住随他。除了他与老伴每周团聚一次外，两人都习惯了各自独居的生活方式，且彼此已很自然。

当然他与老伴每天总有六七次频率的电话，聊天说地，互相提醒和关心着，虽比同在一起说话的时间少些，但聊起来也常放不下电话。尽管他的电话打频繁了，老伴嫌烦，但他动不动还会把电话给老伴拨过去，老伴就跟他聊，时常聊很长时间。

石英先生的午餐，自打他调入人民日报社那天起，就在那大食堂吃到了离休后的现在。吃习惯了食堂的饭菜，他总感觉食堂的饭菜好吃。也许是他吃这大锅菜吃出了深厚情感，也许是自我安慰。离休后的石英先生，完全可以回家吃老伴给他做的午餐，老伴也劝他年龄大了每天跑几十里地吃顿午饭太劳累了，可以自己做或回到家里吃，石英先生其实也不想去吃这遥远的午餐，他虽动摇过却没放弃。他如登山一样跋涉着，每天按时出门挤公交。去一趟来回赶路几个小时辛苦而费时，且每天上午十点钟必须坐在公交车上，还得给坐车堵车打出时间，否则就赶不到金台路，就赶不上食堂的饭，那就得街头下馆子，这使得他按点赶车，从不敢马虎。除了休息日他不去报社食堂，其他时间除非去了外地，都会风雨无阻地赶这顿午餐。为迈出家门，他通常是一条打起精神的腿，拉着另一条无精打采的腿强行赶路。

从北京南礼士路到金台西路路远不说，还得倒车，挤来挤去累上加烦。这累和烦与那食堂实际上不是多么可口的午餐相提，这顿饭与这劳累不成正比。在别人看来，宁可不吃这餐饭，也不愿受这般累和烦。所以，吃这般苦吃这餐饭这样的事情，在寻常人那里不可能发生，即使每餐饭倒给补助费也不愿受这般累。可石英先生似乎把每天赶吃这遥远的午餐带来的累和烦，当成了活着不能丢失的内容。放弃了这神圣的远行的午餐，好像生命的火焰就会很快熄灭。因而他把赶吃遥远的午餐当成每天神圣的一件事，无论什么天气，无论心情好与不好，无论身体难受与否，无论有谁好言相劝他不要为顿饭折磨自己，无论他给自己找多少条不去的理由，他都会说服自己，甚至骂自己，让自己在痛苦时穿衣和背上那大包，催赶自己如时出门赶公交。当许多时候他内心另一个想偷懒的石英即将把他"推"倒在床上不让他离开温暖的屋子时，他就对自己发脾气："石英，你这个懦夫，赶紧出门赶公交车……你要今天偷懒，明天也会偷懒，今后会随便找个理由偷懒，那你就会彻底变成懦夫！"

在这样艰苦的斗争下，总是懦夫的石英屈服，真正的石英胜利，那遥远的神圣般的午餐，会顿然在他眼前飘出香味来，让他顿生饥饿感，让他也顿添苦行远路的力量。所以，石英先生离休后多年来为吃这遥远的午餐，不仅要痛苦地接受赶挤公交车的劳苦，还要为每天甘愿受苦吃这顿午餐做不断的精神斗争。要化解掉这身体和精神的双重折磨，不那么简单。因为下雪、下雨、刮风、酷热和身体不舒服时，会有十二个不出门的理由；因为他那虽小的厨房，米面油盐和锅碗瓢盆齐全，楼下卖菜，可以自己做饭。他会做可口饭菜，即使不愿开火，下楼就是美味的餐馆，那餐馆里有他最爱吃的饭菜，吃一顿饭花不了几个钱。但他想到这些省事的借口时，仍然是把自己骂出了门，强迫自己赶往公交车站。在这样一种与自己不停地较量下，每天的赶路吃食堂，渐成他心里庄严的出行，变成了他一天生活不可缺少的赶路，更成了他保持生命力旺盛和追逐健康活着的心理渴求。

当然，石英先生赶吃这遥远的午餐，还有一个缠绕他每天不得不去报社之事，那就是不断的邮件和稿费单。几十年来做编辑和作家，尤其是成为著名作家后，邮件和稿费越发越多，他的小区没有邮箱，重要邮件收不到，也就只好由报社收发室继续代劳。这也是他每天被"牵引"到金台西路2号的一个缘故。

独居成一种享受，如何把孤独与寂寞变成习惯且不觉得孤单和凄怆，不是一时半会儿能做到的，需要让老伴和女儿接受，也得有战胜寂寞的强大毅力。石英先生和他的老伴，都能接受这种孤单，且不觉得它是孤单和寂寞，是有生活根源的：石英先生年轻时夫妻长期两地分居，他在天津，妻女都在北京，分居成了他与老伴的生活习惯。独居惯了的石英先生，写作需要安静的地方，就住在了女儿空闲的这蜗居里，感到写作出"活"既快又多，且一个人的安静让他有了享受的感觉，便也就一年年独居了下来。他每周六回家与老伴团聚一天，下午回到自己的小屋，每周如此，他同老伴都没有了不自然。石英先生独居，反而成了全家自然的事。家人看他独居精神爽朗，身体健康，著作一年几本出版，身心和精神状态很好，他不愿搬回来住，也就由着他了。

石英先生遥远的午餐和独居的生活，构成了他独特的生活空间和精神世界，养成了他的个性化生活方式，他与在一个都市的老伴每天亲切地电话聊天，与有闲的女儿亲切地电话聊天，国外定居的女儿每周给他打一个问候电话，他每周抽一天上午的时间欢喜地回家与老伴相会，下午回到自己的独居室，读他的书，写他的文章，仍每周五天赶吃报社食堂。石英先生这苦行僧式的生活，写文章之多令人羡慕，且八十多岁了腰板直得像树干，脸色白里透红，走起路来铿锵有力，讲起话来滔滔不绝，精气神旺而不虚，这倒是让人有了点猜想：石英先生遥远的午餐和寂寞的独居，莫非对他的创作和健康，很适合？这苦寂的生活，是他创作的营养素？石英先生笑而不答，而他的笑却回答了这问题。

约一条江花谷寻芳

我约一条江寻芳，江朝我欢笑而来。江也是偏爱花的，她把我的心拥到了江心，我们去寻芳一条花的谷。江是秦岭的女儿，花谷是江的情妹。江对花谷太了解。花里藏着迷人的故事，花情逃不过江的眼睛。江拥我绕过山涧，进入花谷。花谷的花在江边多得不用寻，倒是花在寻人，寻欣赏她的人。花有江水的甘露滋养，怒放得如活泼水灵的少女，一朵望着一朵欢笑。

花谷美花如海，我应当喜爱哪一朵呢？我无法选择哪一朵，我喜欢花谷的每一朵花儿。江说我心太"花"。我说我舍不得冷落花谷的任何一朵花。这花如海的地方真叫花谷，这有花谷的地方对外也不叫花谷，叫凤县。凤县是凤凰的故乡，凤凰的故乡在花谷里，让人确信凤凰是花仙。凤凰当然是花仙，她的羽毛好似千万朵的花蕊。有了这样的美奂想象，你再抚摸这条江，再赏花谷每朵花，再听这里发生的往事，你的寻芳，就不会满足于山水和花儿了，便会留恋于一群人，一群人的影子。江说，这里有太多的故事，她不知道从哪里讲起。

约一条江寻芳，是因这条江不寻常，她是嘉陵江的源头。嘉陵江是什么江？是想到她的名字就让人心跳的江。她的绵长和奔放，会在眼望过她的人心里映上一条动情的江，让人长久心潮汹涌。嘉陵江的源头，水过嘉陵谷，便得了这美妙的名字。这一江泉水纯得如朝露，这朝露般的香液有魔力，它淌出了一条花谷，引来了凤凰安家，撩起了更多人的奇思妙想，花谷由此热闹起来。这里的世事绕不开江，江见证了花谷发生的事情。

江记得，那个夕阳烧红了河水的傍晚，河边来了群赶羊的人，他们头戴羊皮帽，身穿羊皮衣，走在前面的头羊，最先闻到了水，最先看到了江，把焦躁的羊和劳累的人，带到了江边。玉液般的江水在浓密的草丛里流淌，甜水和香草的味道，在霞光和风里飘荡。这江水，这肥草，让饥饿的羊丢了魂，也让奔波而来的人乐了。羊喝足了山泉水，吃足了香嫩草，躺倒不愿起来；人喝足了山泉水，吃饱了江边的野美味，躺在花丛不愿起来。人和羊躺倒的地方，不仅有花，还有山珍；满山满谷不仅是树和花，还有山珍和鹿。彩霞里的天空更让他们惊奇，成群的鸟儿在追云戏风，更有金光灿烂的凤凰载歌载舞，这是秦岭的仙境。羊不愿离开，人不愿走，都不走了，就在花谷安了心和家。就这样，一拨拨远方的人来了，也拉来了他们的亲友。来人自打走进这谷，遇到了这江，看到了这天上飞的鸟儿和凤凰，大多不走了。

进花谷的人眼里不敢把它看成普通的谷，他们深知谷的奥秘所在。这谷、这江，是秦岭的眼和门，谷是走廊、江是路；谷的这头是一省，谷的那边是一省。沿江而下，可进长江，可入大海，通江南、连五洲，想去哪就去哪；一江一谷相拥三省，坐在凤县可观三省，身处秦岭连秦川，相接巴山和蜀水，它是风水宝地，又是咽喉要道。去秦去川去陇上，谁不经过这河这谷，山秀水灵谁不喜爱这谷、这河？谷里住进了秦人、川人、陇人、晋人，还有更多远山跋涉而来的羌族人。他们是被这条江"留"在这里的，也是花谷的凤凰把他们迷在这里的。他们便沿河而居，把花当亲友，把凤凰当作幸福吉祥的图腾，甜美的日子从此开始了。

江边发生了许多事，那是花事和人事。花与凤凰的浪漫故事古今流传，人与人的传奇故事被江水看了个清楚。

江"说"起花与凤凰的相遇相恋，江被那动情的故事感动得浪花奔放。花与凤凰所有的美妙故事，被秀才写成了书，被升华成了凤凰文化与花的情感，便把地名叫凤县，把县域称为秦岭花谷。嘉陵江穿过凤凰的花谷，江的表情一脸灿烂。

令江兴奋的是她见过的古今奇人，那是些把江水掀起惊涛骇浪的人，那是些令江回头仰望的人。江在传颂一位神仙。有位白发古怪的老人，倒骑毛驴常过江边。江曾笑他倒着骑驴太滑稽。这老者对江的戏谑毫不在意。因老者知道，这江的年岁比他还小。江已很大岁数了，老者难道比江还大？老者在凤县这灵地，汲取了秦岭的精气，接受了日月的光辉，便得到了长生的秘诀，成了仙。他是仙，却也是活生生的人，是名叫张果的人，是华夏的"八仙"之一。这江、这谷、这秦岭、这凤县的山水花木和人们，以及张果老的传奇为山水添了神秘色彩。

江映出了远古栈道，那是汉高祖刘邦创造的"明修栈道，暗度陈仓"的智慧之道。刘邦发动突袭，攻克了散关，打败了项羽。如今古栈道仍在，陈仓道不老，这江边不起眼的地方，由这经典的战法而闪烁着耀眼的光芒。古今多少军事家，还有政治家、商人、学者，由此懂得了"明修"与"暗度"里的大玄机。用这大玄机重演了战争与霸权、明争与暗斗、投机与取巧、阴谋与欺骗的多彩篇章。

江的浪涛在为这智慧的战法而歌唱，江在颂扬历史上的英雄们。英雄们似江水，成冰可以擎起秦岭，是水可以灵通多变。江为这栈道与陈仓道而自豪，凤县也因诞生这谋略大法而地灵厚重。江里留有讲不完的往事风云。在栈道和陈仓道上，不仅有刘邦和他兵马的足迹，也有其他战敌的硝烟。昔日的杀声，仍在江上飘荡，三国诸葛亮率兵决战陈仓的惊天动地的刀光剑影，仍在江水里晃动，一代英雄的魂魄在江里流淌；从南宋到民国，把守栈道和陈仓的将士，都爱这甜美的江水，都想独占这栈道和陈仓。由于秦岭绝美、古道重要、江水润人、花谷迷人，所以战火连绵。嘉陵江的水壮人精髓。那些把守栈道和陈仓的将士，谁没有喝过这江的水，谁不想喝足了江水在这花谷睡上一觉。那些曾经在栈道和陈仓的英雄和败将，无不是先喝足了嘉陵江的水，吃饱了花谷的美食，才浑身有力冲上栈道和陈仓的。

这秦岭的风、嘉陵江的水和花谷的灵气，着实壮了英雄们的胆略。我随江而下，听到了历史不很久远的故事，那是"两当兵变"的传奇。青年的习仲勋和他的战友在凤县和两当县的智谋与胆识，在嘉陵江激起了骇浪。他们的壮举、格局与境界，就像这嘉陵江源头的水，是破冰穿山定要相会大海的水。汇入大海的水，具有天下的情怀。任何情怀，只要是天下的情怀，任何障碍都阻挡不了。所以，胸有大情怀的人，他的精神是划时空的，精神之光与嘉陵江水一样在日夜闪光。

江在花谷中凝望，被凝望的是山坡上的几间窑洞。这样的普通窑洞，江水何以深情眺望？因这窑洞金黄色的土墙散发着耀眼的光芒，这窑洞曾经住着两个让人敬仰的外国人。窑洞和它的主人，让江水至今日夜生辉，也让花谷四季为荣。那窑洞里住的外国人，是新西兰人路易·艾黎和英国人乔治·何克。他们两个年轻人，在中国反法西斯战争关键时候，冒着枪林弹雨，不图分文报酬，为了正义之战，怀揣激情，奔赴中国，来到这山谷，种粮、造枪、纺布，为抗战前线生产了大量稀缺物资。他们组织生产的布匹、粮食、枪炮，穿暖了勇士们的身体，吃饱了将士们的肚子，射出了消灭敌人的炮火和子弹，创造了惊天动地的抗战壮举。嘉陵江难忘这些国际友人，花谷也在怀念这些英雄友人。

江过灵官峡，江水奔出高昂的浪花，这是激动的浪花。孤寂了千百年的嘉陵江，出现了一条流动的钢铁巨龙，宝成铁路的列车从山里穿出，在江边奔驰，打破了花谷的沉静，成了嘉陵江的山间伴侣。江水仰望着灵官峡的丰碑，朗读着刻在峡谷上的著名作家杜鹏程先生抒怀铁路壮士的《夜走灵官峡》美文，也带着那些血洒宝成铁路英烈的灵魂，诵声一路高昂，穿过花谷，传到了远方的长江和大海。

……

约一条江寻芳，真是个浪漫至极的妙行。多情的嘉陵江不停地讲述花谷的芬芳往事，缠绵的花谷不停地讲述江边的精彩往事。我没走出花谷，故事便堆满了我的两耳。这些传奇故事，这些往事里的传奇人物，便活现在我脑海。这秦岭的山川大地，让我对花谷有了无限的憧憬，对凤凰的凤县有了难忘的敬仰。

一个人的恋爱

　　那时，凉州城里多有旧巷深院，就是这些土得掉渣的巷院里尽出好看的姑娘。那个叫东小井巷的小院，那个叫钟楼巷的旧院，有两个好看的姑娘。一位是我高中女同学珍，一位是我高中女同学美。这两个迷人的姑娘，曾牵引我来回徜徉过长巷无数次，也使我念想了她们好多年。

　　令我恋想很久的不是美，只是珍。对美的喜欢极短暂，即她嫁人便中止了。而直到她嫁为人妻并做了奶奶，美也不曾知道我喜欢过她。美嫁人使我一心恋珍，直到她嫁人也没放弃恋情。那时我为什么会恋上珍和美，我也说不清楚。也许是她们两个，都让我喜欢的缘故。

　　从美嫁人那时起，我不再去钟楼巷，我心里只有东小井巷。我渴望在这小巷遇到珍，但我一次也没面遇到珍，见到的只是她很远的身影。去这长巷就是想见珍的，那为何一次也没见到她，只看到过她的身影？是由于我不敢去她家，也不敢面对她的缘故。

　　珍每天进出那长巷小院，是极容易碰上她的，可多少次将要相遇的时候，都被我回避了，如此的缘故自然一次也面遇不到她。我恋她并渴望见她，却为何回避她？这奇怪的恋情，只有我自己知道纠结，也只有我自己知道不是病态。

　　不见想见，遇见又躲避，这样的行径不会有另外结果——永远也不能与珍面对面，珍做梦也不会知道有人在恋她瞅她避她。这样的行径更不会有另外情形——无论我来过多少次这长巷，无论我多么恋她并恋她多久，都同我第一次走进这长巷时没有异样，仍是我一个人的恋情。

恋情让我熟透了这长巷，长巷也因此熟透了我。而这熟透与否，却与珍一点关系没有，珍该嫁谁，还是嫁了谁。我的相思没人知道，我恋的姑娘与我没有关系，长巷与小院自然也与我没有任何关系。

失意过的地方会让人讨厌。我从此不进这个巷子，也讨厌这长巷，但我从没讨厌过珍。我虽知我的恋情不会在珍这里结果，但我仍恋着她，直至后来变为淡淡的恋，成为深深的感慨。

那时我们都是十四五岁情窦初开的少男少女。美也是亮丽的"班花"，但我最初是恋上珍的。珍粉白圆脸，秀美的单眼皮，两只水汪汪的大眼睛，两根小辫甩在前后。我喜欢这张稚气而雅致、细嫩而精巧的脸蛋，还有她纤细而丰腴的腰。她是我高中同学。美也是如此美的姑娘，我也暗自喜欢她。

珍是班里的学习尖子，没有她解不开的数学题。我的数学很差，很多题解不开，补课也跟不上，我得抄别人的题，否则就交不了作业。我要抄她的，尽管她有顾虑，可看我实在做不出来，就偷偷地让我抄了，甚至考试也帮助了我，这让我顺利地过了数学交不出作业和不及格的难关。

抄作业是耻辱的事，尤其是抄一个长得水灵灵的女生的作业，羞耻感倍增。我每次抄她的作业时，都羞耻得脸红脖子粗。但我抄不到别人的题，班里少有比她会解数学题的同学，别人的作业大多靠不住，我必须抄她的。

我抄她作业，实是不得已而为之。那时的上学不是学工就是学农，学校老停课，老师不愿教，学生不想学，不会做作业是常事。况且我做全年级黑板报主笔，每周都会耽误听课，缺课多了就跟不上。她是学习委员，老师给她授权阻止和检举抄袭作业的恶劣行径，她本应阻止我等抄作业，也本不应让我抄她作业，可她还是让我抄了。她知道"打死"我也做不出题来，知道我每次红着脸抄她作业的难受实是折磨，便默许了我抄她的作业，她也从没向老师举报我这不光彩所为，这让我很感动，这便感动得我对她有了痴心妄想。我越看她越好看，从日渐喜欢她，成为深恋她了。

恋一个人，最苦恼的事是，自己的心在着火，对方却若无其事。珍对我若无其事，我没办法。这不怪珍，因我从没敢向她表白过。我多少次斗胆想对她说"我爱你"，但不敢说。我给她写过求爱信，抄过爱情诗，写过"我爱你"和"想死你了"的字条；在单独时想拉她的手，在上学路上想把压在舌下的那滚烫的话说给她，甚至捏着情书在那冰冷的石头院墙下苦等她出现。而无论见到她与否，我一想到她的身影，我的怀里就像揣了只兔子，心跳得厉害。我的心里从此闹起鬼来。

话说不出口，手伸不出去，那滚烫的话自然成了抓挠自个儿心的东西，送不出去的求爱信也就成了废纸。对珍没有胆量表达我的情思，是因为我很自卑。我陷入烦恼，她日渐妩媚，我更感自卑。直到高中毕业，我仍没有把爱她之类的话说出去，也没有把一张苦恋的字条塞给她。

珍对有人在做着爱她的相思梦，有人为她写了很多份情书，竟然一点感应也没有，她灿烂的美笑仍旧，放学该回家照常回家，毕业该分别转身分别，这使我很伤感。毕业分别的那天下午，一个阳光透过白云的时刻，我们拿到毕业照离校，她将羞涩而深情的一笑充当告别，告别后从此没了音信。这匆促的离别和没了音信，尤其使我伤感。

珍并没有消失，她仍然每天出入在那个土墙旧院里。我给自己找理由绕到这长巷，漫步在她家不远的地方等待见到她，但她的眼睛从不看稍远的地方，她从来不知有双炽热的眼睛在凝望小院，也不知有人痴情地在苦等她出来。而她真的走出院门走过长巷时，我却又躲闪了起来。多少次我看见了她，好像她从来没有看到过我，也从不知有人在等候她且等到了她又躲闪起来过。

我为自己的屡次躲闪而懊悔，责骂自己是胆小鬼。虽然我懊悔，也责骂自己，而每当我看到她，心的欢跳又使我获得了恋情失意中可怜的满足，实际是单相思的苦恼得到了暂时释放。

我在长巷徘徊的次数越多，我对珍的恋情就越发加深。我偶尔看到她从小院出来，也只能看着她从小院出来，仍不敢追上前去出现在她面前，也不敢在某一个必经之地把她截住，更不敢去敲她家的门，只能悄然瞅她消失在巷子深处。

在长巷反复的徘徊与失意，并没减退我那不由自主看她一眼的渴望。虽然我走近她家时总有兴奋感，但也有无法抛却的恐惧感。兴奋感使我的两条腿会不自觉地走进长巷走到她家门口。运气好时，几乎能看到她早晚进出长巷或小院。

看到她时得到恋心的满足，看不到她时心生牵挂。有几次早上我在她家门口等候很久没见到她出来，傍晚又等了很久没见她回来，就心涌很重的牵挂：她是生病了，还是出了什么事情？她是出了远门，还是什么原因不能回家？她若是病了，病得很重吗？我想到了各种可能，而哪种可能都让我心焦不已，哪种可能都让我把心提到了嗓子眼。

她究竟在哪里呢？我在她家门口望眼欲穿地眺望，我在长巷从东走到西，走到了日归暮落。长巷人怀疑的目光重重地落在我身上，我如做贼的小偷心虚身热腿软。我多么盼望她从那石墙小门闪现，或从长巷人堆里突然闪现，可那院进出的人里没有她，长巷的人里没有她。我的腿脚在这硬石的长巷里走瘦了，我的双眼瞅长巷瞅小院觅珍明显凹陷，我的眼睛在院门上留下了无数层张望的印迹，我的眼睛望长巷瞅小门时现模糊。终于瞅到有人进出小院，可又不是珍。

珍究竟去了哪里？她知道有个男孩在思恋她吗？我的多重猜测只能加重自己的焦虑而绝对不可能使她产生半点心灵感应。我多么后悔没把过去那默默爱恋她的心思告诉她，使得她至今不知我在恋她。

我如此执着地恋她，为何不敢把我的求爱信，不敢把我的恋情告诉她呢？我多少次话到嘴边，求爱信捏在手里，可我却缩了回去，我没有勇气，我不敢这样做。

我的一直没有勇气，绝不是我长得丑陋的缘故，我英俊健美且是全年级板报的主笔，女生们是悄声赞美过我的帅与才的，想来我是有资本向漂亮女生求爱的。之所以我没有勇气向珍求爱，也不敢向美示爱，是因为珍是城里人，美也是城里人，我是乡下人。在我和我的家人看来，乡下人哪有资格娶城里姑娘呢？我没有资格向人家求爱。就凭横在面前的这一关，我对城里姑娘的求爱冲动，不敢说出口，出口定会成笑话。

我对珍和美说不出求爱的话不敢给她们求爱的信，自以为是我的聪明之处和自知之明。我清楚，即使我有胆向城里姑娘求爱，也没资格娶其为妻。我这聪明之处和自知之明，是由于我对城里人与乡里人身份不同的知趣。

我与珍和美这些城里姑娘，有着天然的城乡户口鸿沟，我跨不过去。城里人称居民，乡下人称农民；城里人吃国家商品粮且安排工作拿工资，乡下人面朝黄土背朝天在田里找食；珍是城里人，会有工作且会坐在房里上班拿工资，我是乡下人，只能在田里劳作且未来也会在田里劳作；珍的身上是清爽的香味，我的身上尽是汗臭土味；珍是城里的"白天鹅"，我是乡里的"土毛驴"。我的汗臭土味是无法改变的，珍讨厌汗臭土味，我无法改变。知趣，使我对她们可以异想天开地恋，却不敢有胆大妄为的求爱举动。

不知多少次想过，倘若珍嫁给我，境况会很可怕。倘若珍嫁给我，她会接受我家那冬冷夏热的土炕和那墙上透风的破屋子吗？她会接受那起早贪黑下地劳作牛马般的劳累吗？她那纤细的手会拿得动沉重的铁锨铁镐锄头铲子镰刀吗？她能受得了那汗臭土味且洗不上澡的农村生活吗？她会接受生一堆孩子且缺吃少穿的穷困日子吗？我想这任何一种现实，与她城里的生活都是天上与地下的巨大反差。我每当想到这些，就替珍害怕，就让自己畏惧。珍哪能接受得了这种生活环境，哪能吃得了这份苦。即使珍真能接受，我就能忍心让她跟我受苦？让她接受这样的生活现实，那就是我的自私与卑鄙。

我想到这个层面的时候，就庆幸这是我一个人的恋爱，幸亏是单相思，幸亏珍没爱上我，若珍爱上了我，珍陷入爱我且又不能嫁给我的痛苦中，那将是使我比现在更为难受的情感困局。我的单相思，说白了就是我"癞蛤蟆想吃白天鹅肉"的痴想，是白日做美梦。所有这些折磨，都是我强烈地想对她表白而又强烈地不敢表白、热烈地爱恋她但又没有丝毫勇气表白的自我折腾。我对自己唯一赞赏的是我不是笨蛋而且一直控制着自己的冲动：在这强大的城乡屏障下，即使我向她求爱，那也定会成为我一个人的失落和笑话，也会成为我一个人的荒唐和多情。我没有爱她的条件，我没有娶她的资格，但这并没有阻碍我恋她情感的继续漫延。我还想在长巷里见到她，但长巷里好久没见到她了。

长巷的确少了位美丽女孩，那是珍。我在长巷已很久没有感受到珍的气息了，我断定长巷已很久没有了珍的踪影。她到底去了哪里？我最不愿意猜测的是她嫁到了远方。我猜测到这个问题时，我的心猛烈地抽搐，我骂自己猜到这样的问题非常愚蠢。我终于得知了她的消息，珍上山下乡了，她与一批知识青年插队到了一个偏远的山乡。

这消息着实让我忧虑，转而却让我窃喜。忧虑她去了那么贫穷的山乡定会受不了那份苦累，窃喜她也变成了农民。变成农民，就成了乡下人，她与我身份从此一样。但我又有担心，她会在山乡生活一辈子，她会安家，她会嫁给别人。她会嫁谁呢？她会嫁给一个"土锤"小子的。生产队长肯定会强迫她嫁给他的"土锤"儿子。珍那么漂亮，人见人爱，生产队长的儿子和那些读过几天书的小子一定会追她。这情景让我十分揪心。她若嫁给村长的"土锤"小儿子会生一堆孩子，嫁给任何一个"土锤"小子都会生一堆孩子，这是多么让人痛心的结果呀。我怎么办呢？我必须阻拦。我不能容忍她嫁给那里的"土锤"小子，她若嫁村里的人，不如嫁给我。

我得马上向珍表白苦恋之心，否则后果会不堪设想。

我写了封数十页的求爱信，我诉说了几年来痛苦的甜蜜的无奈的爱恋她的相思情，也表白了盼望她嫁给我的请求，还规划了她嫁给我后的美好爱情生活，表白了我今后如何爱她的豪迈决心，最后也抄写了几首诗人的醉心情诗。为加重这份求爱信的砝码，我想在情诗上洒上几滴相思已久的泪水，加重信的"分量"，可我无论如何也流不出心里那涌动已久的相思泪珠。我便灵机一动，在情诗上滴了数滴清水充当眼泪。这可是眼泪做假，她要看出来就糟糕了。我的心跳得厉害，企望她看成是我思念她的泪水，千万别识出是水滴。这封洒泪的求爱信，一定会穿透她的心田。信寄出，我对她的求爱有了从来没有过的自信。

我等待珍的回信。我长久的恋情会变成两人的相恋和相守吗？我满怀憧憬地等待，可就是盼不到她回信。我想她也许处在犹豫不决时，在等待我更多的求爱信考验我呢。我又接连给她写了几份信，我坚信她会答应我的求爱。

我在喜悦中等待一封以为会让我落下喜悦泪水的信，可是没有，长久没有她的回信。我怀疑地址有误，而核对却一点无误。我一半的心在伤感，一半的心在劝我去找她当面求爱。又听说大山里不通班车，我怎么去呀？我最终也没去，我最终也没收到她的回信。不久，却听到了让我绝望的消息，她嫁到了省城，嫁给一个城里的人。她嫁给谁我不想知道，我想知道她究竟收到过我的信没有？我无从得知。也许她从没有收到过我的一个字。我只能想她从未收到过我的信，但我不恨她，我恨邮局和邮递员。

她虽嫁为人妻，但我的相思已成惯性而无法戛然刹车，我对她的相思在增多了的失望与痛楚中飞翔，切不断、拉不回。这放飞的恋想，在我情感深处从少年飘荡到了今天。那天是毕业分手四十年后相见，珍与美，曾经那美丽的神韵和美妙的微笑，仍在心头浮现，我爱恋的火苗又闪烁了几下。

我应当告诉珍吗？我应当告诉美吗？我四十年来对珍的爱恋、曾对美的爱慕，那让人难以启齿的一个人的思恋？要不要告诉她们？我还是告诉了她们，我想这曾经长久的相思，后来的念想，现在应当有个终结。

我告诉了珍和美这段情思，这段起初从学校时喜欢到毕业后浓烈爱恋再到后来爱得欲罢不能的情感和给珍写寄求爱信的热切等待的艰辛经过。美听后很喜悦，珍听后很惊奇。珍说她一点也不知我在爱她，插队时从来没有收到过我的求爱信。她怨我当初为何不直说呢，怨我为何不去找她呢？她说如果我当初或后来直接表达对她的心思，或者向她求爱，她会考虑嫁给我的，她说我那时那么优秀，她心里也喜欢我。我说我不敢向她求爱，我是农村人，我没有信心向城里姑娘求爱，更没有资格娶城里姑娘为妻。她说我想多了，我若真向她求爱，她真会考虑嫁给我。她的话，感动得我泪水在眼睛里打转。

尽管她的话很真诚，但我仍怀疑相爱的现实性。现实是她是城里人，我是乡里人。城里人领工资，乡里人挣工分；珍家不穷，我家贫穷。我这个乡里人没有资格娶城里的珍，这一点是铁的现实，我改变不了，珍也改变不了。但珍的"我要说，她会嫁"，着实使我激动。我顿感，我对珍的相思是值得的，她值得我这么长久的爱恋。

美也对我的喜欢感动不已，她理性十足地说，我要向她求爱，她会嫁给我的；但那时我那农村的家，要啥没啥，即使她想嫁，她家里人也不会同意的，我怎么娶她呀？

这是真话，即使美想嫁我，我家土屋几间，真是穷得啥也没有，我连她家的门槛都迈不进去不说，我拿啥娶她。但我听了美的话，一点也不失意。

这长久的一个人的相思，在彼此年龄不小的时节说出，好像不可能使对方心跳，好像不可能有什么家庭风险，好像是一段是真非真的调侃。我的诉说即使讲得如何庄严而动情，也不可能使对方流下泪水，因为对方没有看到感受到那时被爱的过程，甚至于没看到我只言片语的情书，也只能变作感慨万端的话题，只能成为谈笑的话题，也只能是感慨后很快会结束的话题。这个爱恋，想来不能再说给她们听了，而一旦说出，应当是终结；即使现在说了出来，也确实没有发生不好的情节和不良后果。想来这是一个人的恋爱简单与美好的最好结局。

该分别了，要回到相隔千里的城市各自工作生活。珍的孙子在等待她回去，美也要从凉州城远去成都带外孙女，我要回京上班，我们没有更多时间再谈这深重而已变得空洞的一个人的情爱故事。我却仍在想一个问题：真如珍说的，她若知道我那么喜欢她，她真会嫁给我，我真会有娶到她的可能吗？我仍认为没有一点可能。正如美说的那样，我家穷得要啥没啥，她怎么嫁，我怎么娶呀？所以，我的爱恋，也只能是一个人的爱恋。

梦遇绝美古韵

就那么短暂的凝望，那轮金阳就挂在了我心头，那沧浪楼和阿蓬江就入了我心，入了我那晚的梦。梦到太阳、楼与河成我的摇篮，敞着柔情的臂膊和胸怀，晃悠地把我载入深长的梦乡。梦中那翻着微浪的蓝绿宝石般的暗河和阿蓬江，恰为柔软的毯子或玉女的纤手，为我抚慰路途颠簸的酸痛；那红栏青瓦的长楼，恰是舒适的雕花枕头或绣花的彩云，为我按摩伤痛的颈椎。这楼与河的摇篮，让我沉浸在婴儿的香睡里，笑出了声音，喊出了欢叫，做出了拥抱山河的动作，还有了畅游江河的飞翔……梦断人醒，是唱声，是两只闹窗的鸟儿扰我梦醒。我怨鸟儿扰了我的好梦，可晨光直射帘缝，怎怪鸟儿，分明是我长梦晚醒了。

还有那碎片式的美梦片段，与完整的梦境交织着，难以形成故事画面。我为这彻夜的楼河美梦惊叹，那沧浪楼和阿蓬江，仅初遇的一望，为何托起这般美艳的长梦？原来我窗下的沧浪楼和暗河与阿蓬江在相会。一条如荷叶绿蓝的暗河，一条如春柳翠绿的江河，这不寻常的融合，使得这多情的河水、神秘的江河，就轻易入了我的灵魂，也让我轻易沉醉在它的妙美中。美钟情了我，我艳遇了美。

仙境入梦，是仙境对人的偏爱，也是人对仙境的深度感应，是景绝美、人爱美的缘故。这梦境让我心跳，接下来的黔江行，我仍沉浸在实现的梦境里。廊桥卧江，白天红楼绿水，夜晚灯火摇曳，还有那日月辉映的吊脚楼古街，总是幅色彩饱满的油画和鬼斧神工的版画。这美的阳光和景致，把我与昨晚的梦连接了起来，也让我的行走延续着梦中的仙境。

让梦境鲜亮的是太阳。没有太阳的梦常是灰暗的，我在美景里渴望遇到太阳。我为黔江的金阳入梦而喜悦，我断定我的此行是次与美难忘的交欢。我在黔江掠美，天上的金阳挂在云边，梦中的金阳也挂在心头。天上的金阳，也是梦中的金阳，透着古香古色。身置仙境，心却时回梦境。入梦的那轮黔阳，是古朴的太阳。古朴的太阳，是纯金色的，光芒纯净得没有尘埃。纯净的阳光，给人兴奋和纯情，暖得我浑身发热亮得我眼神放光。

倘佯在黔江濯水千年古镇，沧浪楼缠绵地躺在不息的江上，它是带楼的桥，雕梁画栋的楼阁与桥一体，远看是楼廊，再看是廊桥，既是道又是楼的奇妙，使沧浪桥成了领略楼桥的雅致风情和纳凉避雨的爽暖之处。走在这风雨廊桥上的人，有意放慢步履，这无雨无晒和古风抚面的惬意，会把人带到黔江濯水的古韵里。把人带到濯水镇古韵的不是桥，而是桥的柱与桥的楼阁。在这楼亭一木一瓦上，是濯水古镇和古黔江文化的博物馆，尽收土家、苗和汉族精神图腾，也尽显古黔江和古镇人的动人画卷，更尽揽黔江奇葩壮美。

沧浪楼上古濯水的太阳，散发着神秘的光芒。太阳里的阿蓬江像神龙蜿蜒飞腾，而神秘的芭拉胡、蒲花暗河和悬崖栈道峡谷的奇美，好似藏龙的地方，为阿蓬江的神性，提供了联想的根据。看那落在阿蓬上江被映照到濯水古街的金阳，那落在悠扬碧水江里被映照到吊脚楼的太阳，是被放大了的硕阳，是被披上绿纱的太阳；而濯水古街又被梦幻般的太阳映入江水，古街在江水里被缩成微景观或大城堡，恰似梦中那若隐若现、变幻莫测的水墨画，让人恍若梦境。它虽似梦境，却是现实的呈现。

那晚凝望窗前彩光飞扬的沧浪楼和阿蓬江，江与楼含情脉脉的相遇，暗河与阿蓬江的温柔融会，月光下的灯火与楼江的相会，楼和江与峦山相依辉映的情形，古镇头篝火染红夜幕和江水的摆手舞会的欢歌笑语，还有那古色的金阳，轻易进入了我的梦境。我梦到了古镇，它变成了一条龙，它飞到了沧浪楼和阿蓬江上，飞到了金殿似的硕阳上，变成了蝴蝶公主，在我眼前翩翩起舞。夜晚的梦境还在萦绕，古镇的晨阳抛洒的七彩露珠，把我拉入了遐想，古镇仙境与美的想象相遇，古镇变成了梦境。古镇的神秘本来就是梦境。我断定古镇是个不简单的仙境，它隐藏着太多迷人的故事。

我慢步轻脚地进入小巷，是舍不得踩破小巷的晨静，舍不得踩破洒满石板的晨阳。而古镇已醒，早醒的是零星的几家客商。人去楼空的古街，在迎接装扮的洗礼。古街的暂时空寂，却给古街平添了几分猜想。听不到有人对古街的介绍，只能倾听古街的无言诉说。

古镇那抹怀旧的阳光，在叙述古镇曾经的商业繁荣。那街头清朝光绪年间碑立的"天理良心"，见证了古镇人从商之道和做人美德的追求。据说这四个字深刻影响了古镇商人和平民的做事为人，公平礼让渐成古镇的商业风气，有了流传已久的佳话，淳厚了古镇人的质朴情怀。这佳话和动人的故事，被雕刻在码头的楼阁上。候船和下船的人，看戏也看那戏台上的雕刻故事，从戏里戏外也会听到古镇流传的故事。戏楼通古街连码头，人们从戏里戏外听到的故事，很容易在古街看到它的发源地。

那是龚家"仁义礼智信"的袍哥会文化，仍为古镇散发着光芒。其最亮的光泽是创造了商业诚信文化和码头厚德文化，辉煌的一页是他们清末革命运动中义无反顾的赤诚参与。龚家院落留着袍哥的精神和气息，无论是读那挂在柱上的对联，还是品味那遗留在墙上的文字，都令人心涌感动和敬意。这个古镇因江而灵，也因有袍哥一群人形成的高远精神文化而秀。古街临江那采光与进出灵活的吊脚楼，是幢独特的房子。这里走出了古镇第一个大学生汪本善，他不迷恋官位金钱，只苦读书，他的学问做得很深，他成了有机地球化学的权威专家。在有机地球化学新领域，他与同事浓墨重彩地添上了一笔，为这古镇人带来了荣光。还有不少古老的院落和商号，还有那些不起眼的吊脚楼，创造了一个时代的商业神话与传说，也走出去了不少传奇人物。这些人是一道道无形的光泽，融会在这古镇的阳光里，让古镇的黔阳更加耀眼。

最让人生情的是清晨和傍晚的黔阳。在晨阳里从古镇漫步到濯水码头，在晚霞里从濯水码头漫步到古镇深巷，最让人动情的地方是阿蓬江边码头。码头在静静地细语，它曾是古镇最繁忙的地方，也是欢笑与伤悲之地。母亲送子，妹送情哥，远走他乡，离别归来，亲人重逢，这些深长和深重的情感，从阿蓬江上来，从阿蓬江上走，江水里有泪水，浪波里有笑语。阿蓬江收藏了古镇人与古镇以外多少故事。这些从阿蓬江的码头来与走的人，他们留在古镇丰富的故事里，让人对古镇有了谜的猜想，也让人涌现缠绵的诗情。在这晨阳和晚霞里的码头与江边，江水与码头的深情相拥，着实让人眼睛潮湿。

最让人醉心的是河与山遇到黔阳。蒲花暗河流淌的想必是地球之心和大山之魂的水，不然何以绿得可以直接画翠竹，亮得可以赛翡翠。这样的暗河天庭，这样的龙潭圣水，正巧遇到黔阳，灿烂的阳光从楼桥之窗倾洒下来，照到洞石上，洒到河上，暗河顿成梦中仙境。这河水与太阳美的景致和韵味，难以用文字描述，也难以用画笔展现，即使以人最敏锐的五官体验，也难体会到它们极致的美。天地造就了暗河的精美，太阳恋爱了暗河之美，那么这奇特的柔美，一时让人说不出形容它的词来。大凡美到绝顶的事物，似乎只能心会，无法言表。

黔阳入梦，是黔阳太美，实是黔江的山水太美。

花 白

　　农村老家那不绝于耳的禽畜屠鸣声，在我心头划了深长的伤口，久久不能愈合。

　　城市的店铺堆满了禽畜的肉，餐桌上也摆满了肉，但城市人与作食物的禽畜不会有情感上的丝毫纠结，看不到血流如注的屠宰场面，更听不到活蹦乱跳的禽畜被屠的惨叫声，所有宰杀的悲惨场面，都被隔离在了城市门外。这让吃肉的人容易淡忘肉是屠宰而来的。即使想到肉是屠宰而来，也不会想到被屠宰时的动物是如何可怜和疼痛。

　　动物本应与人平等，不该被屠杀。每一头被屠宰的禽畜，都是它母亲的"心头肉"，都有着同人一样的亲情情爱，都有同人一样对活着的美好向往，都有同人一样受到尊重的渴求，也都有同人一样求生的企盼和对死亡的惧怕，可它却被人当作了食物。人在屠宰禽畜时是翻脸不认它的，哪怕是对人勤劳忠诚的牛、马、狗，也会屠为口中之物。

　　人似乎是依赖屠宰动物而活的，有人的地方就有屠宰场，人总把屠杀异类当作平常的事。人的食肉习惯，不是因善举而来，是以残暴杀戮而来。人的善良里，为何存有屠杀的暴行意识，这是把屠宰看作习以为常行为的缘故。

　　我每天在吃禽畜的肉，喜欢吃肉的我早已淡忘动物的屠杀，也很少想到肉有何不寻常的来历，早已把肉看成菜那样平常，也把吃肉当作吃菜那样习惯。但我每当看到肉的血，肉的刀口，肉上动物的毛发，肉上动物的腿脚和头颅，便会想起这些动物妩媚可爱的样子，也会想起在农村亲手饲养的禽畜被屠宰时铭刻于心的悲叫情形，常让入口的肉难以下咽，便感到吃肉的自己也是屠夫，是参与屠杀动物的帮凶。更有了这样的妄想，如若我不吃肉，如若我的全家不吃肉，如若这个城市人不吃肉，如若人类不吃肉，谁还会屠杀动物呢。倘若人们不杀动物，动物就会安然无恙。人与动物平等相处，应当是人最大的善。这样的善，相信会给人的灵魂带来无限的升华。

花白，是我记事起的玩伴猪，我属相猪，我把自己看作猪，我把花白视为兄弟。它做了我一年朋友，它陪我玩了一年，在我的情感中它与我的兄弟姐妹没什么不同，它是家庭的一员，我与它有着深厚的友情，可它还是被宰杀了。与它生离死别的过程，成了我长久不快的记忆。

我在花白被宰杀的几年里，常梦到它天真活泼地在与我玩耍，也常想它如活着现在该几岁，该长成什么样子，该做了几次妈妈了。后来上学得知猪是五畜之一，是与人相伴久远的家畜，它寓意的步步高升、金榜题名，它体现的财神护佑、旺财催富，它象征的吉祥如意、老实忠厚等，越发让我感到猪既聪明又可爱，值得爱它。我想念花白。

把花白当作朋友是幸福的。猪的寿命是二十年，可花白从出生到被屠宰，只活了一年，它应当至少还有十九年的活头。想花白要是活着，还能陪上学的我玩上十年，也许还会更长，只因它是猪，只因人要吃肉，它必须成人的食物。说这是猪的命，我不信。那时我固执地认为，宰杀花白不公平，花白是我的朋友，是全家人的朋友，人怎么能杀朋友呢！我的心因花白的被宰杀而受到伤害，我的心长久地为它死别的那一幕在流血。从此，我对屠杀禽畜怀上了恨意，憎恨屠宰，把屠宰动物视同屠杀人的朋友一般可恶。尽管我后来的憎恨被绝美的香肉淡化，也被人们的食肉习惯同化，但我时常会涌起吃肉的心痛来，涌起吃肉的可鄙念头来。

　　而我仍在吃肉，仍在吃猪肉。我生活在食肉的环境里，我的餐里常有肉，这使我内心很纠结。我多想远离食肉，我曾厌恶吃肉，便食素，但很快被人说服，也被我的身体"说"服，不吃肉身体会垮。我怕营养不良，我又吃起了肉。理由是，城市的生存压力大，空气污染重，蔬菜有毒的多，还有转基因有害食物，放弃吃肉而吃这劣等素食，身体定会出事。为活着，我得吃肉。这理由实是自己的自私，也是人的共同的自私。人总是以自己的利益为先对待世界，人总以自私理由在做破坏与杀掠的事。人屠杀动物的理由总是那么十足和保持着原始的野蛮，这是人的自私的存在，是人性恶的延续。这恶的延续，似乎纵容了人的残暴。

　　人与人的粗暴相残的恶，是否来自屠杀动物的快感，一定有关。人应当终结对动物的屠杀，让人在记忆里消失屠杀动物的念头，让后代渐渐忘却屠杀。人一旦终结了对动物的屠杀，是否会变得相当善良，是否会减少人与人之间的恶行和屠杀？应当是。

　　我生活在无肉不餐的环境里，我对动物的怜悯心虽已麻木，但我的慈悲情怀犹在，我企盼早一天不再食肉。这天会是哪天呢？我又给自己的自私找了充分理由，那便是蔬菜无毒、空气无污、食物纯洁的那天。这样的企盼也许在这个城市等不到，但可以等到退休去空气和食物洁净的地方，彻底素食，不再食肉。我若同更多的人食素，定会减少屠宰动物，更多的人不食肉，就会少去更多屠杀。想到这样做会使世间少了更多动物被屠的血腥，尽管这想法有点幼稚，却仍心涌喜悦。

　　人是可以不吃肉的。猪与许多家禽畜都是素食，它们不仅健壮，且还肥美。那些坚守素食的人，他们的素食生活意义深刻。素食生活让他们肠胃简单与轻松，也使他们培养起了深厚的慈悲情怀。人不食肉，也许真是不错的放弃。

　　难忘花白，也是我对屠宰动物怀在心头的恨意。

会当父亲的时候

　　进入婚姻后，就跨入了当父亲的门槛，就会想到会有一个什么样的孩子，也许是男孩，也许是女孩，一旦他或她出生，那就当即成了父亲。想到当父亲的到来，心里的喜悦直往上窜，也涌起了"一定当个天下好父亲"的豪情壮志来，也毫不怀疑自己会成为天下最好的父亲。虽然有当父亲的喜望，但又对如何当个好父亲，心里直打鼓。镜子里瞧瞧自己，已二十出头的男人，仍任性固执且愚蠢幼稚，仍是个孩子气十足的大男孩，怎么能当好父亲？但看皆是没当过父亲的人在当父亲，又感到当父亲是水到渠成的事，只要让孩子吃饱穿暖有学上，其他事没必要犯愁。

　　这是我当初"当个好父亲"的标准。想到作为父亲能让孩子"吃饱穿暖有学上"，就对当父亲有了更多的自信。这个当好父亲的标准和自信，是参照我父亲而来的。我的父亲在贫困中供我和兄弟姐妹上了学，被村里人看作是全村最好的父亲。我也认为他是十里八乡最好的父亲，他在忍受饥饿中让他的孩子读了书，成就了各自的梦想。想到自己每月有固定收入，会让孩子衣食无忧，也就没了当父亲的忧虑。

　　不经意就有了孩子，惊喜心头，愁上心头，猜想是男还是女，希望是儿子，闺女也行。于是就往男孩上想，想着给男孩当父亲怎么当。首先想到的，是一出生就给他买最好的玩具衣服和吃的，把那些男孩喜欢的机关枪汽车火车飞机坦克轮船玩具都给他买来，给他买商场里最好的衣服，更要给他买最好的奶粉和饼干，还要让他上最好的幼儿园和学校。想到能够给孩子这么好的物质生活条件，就感到做个好父亲是轻而易举的事情，就盼着孩子降临。

孩子很快出世了，是千金小姐，为父既成事实。尽管早有做父亲的准备，但还是喜悦里伴着恐慌，孩子来得自然也突然，感到自己实在不适合做父亲，不知道从此时起如何做父亲，尤其是没有多想如何给女儿当个好父亲。孩子的啼声悦耳也揪心，心上顿然有了做父亲的责任担子，却不知道该为她做点什么。她的啼声越急，我心就越焦，终于在焦急中等来了热奶和洗尿布的差事。赶紧热完奶洗尿布，奶香味和尿臊气同样让我兴奋。接下来的事是时不时地热奶和洗尿布，便让我在劳累中渐失兴奋有了厌烦，便有了做父亲的苦闷。

这些琐事做得有一天很烦的时候，在无数个香睡中被啼哭吵醒而烦愁的时候，在"千金"生病打针喂药受罪而心痛的时候，便有了做父亲的失落，有了做父亲的茫然，更有了不会做父亲的痛楚。

这失落、茫然和痛楚，具体到做父亲的责任上，有不知道怎么关爱她的责任，更有对孩子照料疲厌不到位的内疚。不然，她怎么会时而闹哭，时常生病呢？她的哭闹和生病，是照料不精心导致的。不精心，做父亲的有责任。因为从做父亲那天起，孩子虽带来欢喜，但也添了日日的劳累和忧愁，便有了劳累中的懒惰和粗心，忙碌中的疏忽和大意。当然女儿出生那时，我越发忙是事实，也找了许多忙的事情，每天忙到很晚回来，休息日也忙得很少在家。在我看来，要当个好父亲的前提，是"挣"到好前程并挣到好多钱，买个大房子并让女儿上最好的学校，才能让女儿幸福。

看着一天天长高的女儿，我对女儿爱的重心，几乎全放在了不停地追求这些目标的忙乎上。没了给她讲童话的时间，没了陪她玩的耐心，甚至挤去了与她交流的很多机会。因我的忙，是为她而忙，尽管对她渐缺父爱，她对这父亲渐生疏远，但我不认为自己有错，该忙照忙，交流总是匆匆。女儿上学后更是各忙各，女儿不指望与我交流，我不知道与她如何交流；她不愿意让人批评，我却张口总是批评，继而讨厌起爸爸，也回避与爸爸交流。到了"青春期"，干脆直接跟我作对了。作对多了，彼此的不理解就多了，做女儿的反叛加剧，做父亲的心存"窝火"，便用父亲架势威逼她"听话"，但父亲的"架子"对她毫无威慑作用。她长大了，她不怕父亲了。感觉父亲只是她的家人，并不是让她依恋并敬畏的父亲；父亲只是个"概念"，并不是她的知心朋友。这时给她买很多东西"讨好"她，希望成为女儿的知心朋友，但好像很难成为知心朋友。不能成知心朋友，就无法沟通，无法沟通就无法融洽，就对她某些地方看不惯，看不惯就训斥，训斥的结果，就是女儿与父亲的冷战。

孩子与父亲的对抗与冷战，会让做父亲的在恼火里委屈并惭愧。给她诉说，父亲多辛苦，都是为她好。有了宽敞的房子，有了舒适的生活环境，有了温暖的家庭条件。她听了不以为然。虽然没听到她感动的话，但也没听到她嘲讽的话，只能认为她对父亲的辛苦和给她创造的生活条件是承认的，她不否认父亲对她爱得辛苦，那就只能理解为是她的肯定和赞扬。往肯定和赞扬上想，便感动得自己眼圈都湿了。

天下没有一个不辛苦的父亲，没有一个做父亲的不忙碌，做一个有爱心有责任的父亲，就更为忙碌和辛苦。而父亲的忙碌和辛苦，多么渴望得到女儿的钦佩和赞扬，更希望能让女儿感动和感恩，可现实往往会让渴望和希望变成失望。

在做父亲的失望里会常想，这父亲做得很劳累却很失败。做女儿的在"蜜罐"里成长，也在对爱与丰厚物质的"理所当然"和麻木中长大，是在欲望渐长的抱怨和娇惯独尊的"自我"中成人，哪会认为父亲很辛苦，都是满心的爱呢？即使认为父亲辛苦，也认为是应当的，哪个父亲不辛苦？辛苦，是做父亲的正常现象。要让没有做过父亲母亲的子女感激父母的辛苦，那准会让做父母的失望。失望中的我，会认识到自己做父亲的失败，那便是只把做个好父亲牢固地定格在了让孩子"吃饱穿暖有学上"的物质层面上，放弃了对孩子心灵"营养"的给予。而心灵"营养"的补给，是诗情画意的、美好欢快的、感动心灵的影响的互动，但这恰恰是我作为父亲忽略而缺失的。当认识到这一点时，才明白与女儿情感的某些错位，不是女儿的错，是自己在女儿成长路上的缺位。

女儿长大了，可自己并没有学会当父亲；而我，在知道了如何当父亲也有了很多时间的时候，多想跟女儿倾心交流，多想带女儿看电影去公园游玩，可女儿不与父亲在一起住了，忙得很少回家了，没有更多时间听父亲说什么，更没时间放下忙碌跟父亲交流了，但对父亲渐渐多了问候而少了曾经的不满与抱怨。父亲的心全放在了女儿身上，而女儿的心思全在忙不完的事情上。

这时才感到，当知道如何做父亲的时候，女儿已经走远，女儿已经真正长大，女儿已经不再依靠父亲；当女儿明白如何做个好女儿的时候，已经不需要父亲的太多关爱与交流了，缺失已成遗憾，遗憾已被女儿原谅。此时的交流已被时空错过，父亲与女儿再好的交流与沟通，也弥补不了从前的交流与沟通，她的童年、少年、青年时期缺失的父亲身影，那将是永远的缺失。

天下的父亲大多都有失落，明白如何当父亲的时候，儿女已经为人父母了。他们往往不愿听父亲的悔悟之劝，仍会像父亲那样，把对孩子的爱放在对优越物质条件的奋斗上，重复着这个孩子长大以后才会后悔的错失。

当个好父亲，真是挺难。

荷花姑娘

　　村里那个叫荷花的姑娘，实在与荷花的雅美不沾边，圆胖的脸上两片红，眼睛不大且鼻子小，个不高且腰也不细，不是丑女，但绝不是俊女。那时我在村里当会计，会计是村干部，手里有小权又轻闲，被视为"秀才"。有个"怪人"给我介绍荷花做"对象"，说荷花是打着"灯笼"难找的好姑娘，"下手"晚了可别让人抢走了。荷花是打着"灯笼"难找的好姑娘？还有人会抢她？我把提亲的人狠狠挖了一眼，骂他不是脑子有毛病，就是眼睛让狗吃了，怎么给我介绍这等姑娘，还要我抢她，难道我在他眼里是连猪都不愿啃的"菜"吗？！他说，正因为你长得帅气，才给你介绍荷花。只有荷花这样的姑娘才是好姑娘；荷花是长得不俊，可你哪知道荷花的好，你要是娶她做老婆，你的福气就大了。我问他荷花究竟有什么好，他骂我又不是没有长眼，自己去瞅。他是村里的"怪人"，对他的话人们一般很反感。可他说的有些话，仔细琢磨起来，又不得不让人佩服他眼里有点"东西"。"怪人"的话，让我细瞅起了荷花，瞅她到底好在哪里。我瞅她数日的结果，仍是老看法，她不好看，但也不难看。村里漂亮姑娘多了，找哪个都比找她强，与她谈对象，我没兴趣。

　　我对荷花感觉一般，甚至觉得她有点"土"。觉得她"土"，在于她叫了个"荷花"的名字。荷花本是雅致清秀的高洁之花，荷花叫"荷花"，一点也不土，可要把荷花叫成姑娘的名字，就如有人叫菊花、菜花、牡丹、桂花、桃花、杏花等名字什么的，即使她是漂亮姑娘，也因叫了这样的名字让人觉得土气。我对荷花产生"土气"的看法，是因为她与荷花无法相比，她的模样实在"土气"，却叫了荷花的名字，更让我对她的形象打了"折扣"。

"怪人"说，你这人才怪哩，"荷花"是多好的名字呀，荷花出淤泥而不染，这是古人的诗里写的，她"荷花"叫荷花名副其实；你别看她的相貌比不上真荷花漂亮，但她的心绝对与荷花一样漂亮；荷花的名字是他给起的，他不是给她随便起的，她要叫了其他的名字，那就真不像她了。"怪人"讲了荷花的好些故事，说她心地多么干净，为人如何纯情。有几件事，我也知道。

她家墙后是生产队的香瓜地，每年都种。香瓜熟的时节，荷花家满是香瓜味，荷花的身上也满是香瓜味，香气馋得荷花望着瓜地流口水，但她从不去偷一个解馋。香瓜的甜美诱得小伙伴下地偷摘，荷花的几个小姐妹也跟着偷摘，可荷花死活不去，别人偷来的瓜给她，她也不要。荷花的哥哥当然会去偷摘，即使看瓜人眼睛很毒，荷花的哥哥也定会偷到香瓜。荷花拦不住哥哥偷瓜，荷花的爹妈也拦不住儿子偷瓜。荷花骂她哥是贼。她哥不认为他是贼，说他是生产队的人，生产队的瓜也有他一份，吃生产队的瓜，同吃自己家瓜一样，哪里是偷！因而，荷花的哥哥和她的小伙伴，偷得都很心安理得。荷花的哥哥偷的瓜大而香甜，可荷花从不要她哥哥送她的瓜，即使强迫她要，逼着她吃，她一个也不要，一口也不吃。气得她哥哥后来偷来瓜只留给自己吃，一个也不给她。荷花呢，哪怕她有多眼馋也不动他的瓜。看瓜人看荷花从不偷瓜，摘了又大又熟的香瓜送她吃，荷花不要。看瓜人说，这是给你的，又不是你偷的，拿着！看瓜人追着荷花给瓜，荷花转身跑了，让看瓜人很难堪。看瓜人当然知道，荷花不要瓜，并不是不吃香瓜，她爹妈买回家的瓜，她从不少吃。看瓜人对荷花这个小姑娘早就刮目相看，荷花从不拿生产队的东西，哪怕是一根葱或一棵菜；在荷花看来，即便是他给她的瓜，也许在她眼里仍然与偷一样。看瓜人到处跟人说，荷花那姑娘真像荷花，名字跟人一样干净。

有天清早，荷花在村头马路拾了个包袱，是个骑车的女人掉下车来的。看到骑车女人后车座上的包袱掉了，荷花紧喊那女人，可她还是不回头。荷花急着回家有事，但还是在路边等那女人来找包袱，等了好半天，可就是不见人来。荷花的妈在村头叫她赶紧回来，她不知道这包袱里有啥值钱东西，要是没啥值钱物，她就把包袱先提回家，忙完家里的事再来等失主。荷花打开包袱一看，里面好像是嫁妆，贵重的有一对金手镯和金耳环。这么值钱的包袱，如果发现丢了，那人还不把魂丢了！她不能把它放在路边，也不能把它提回家，只能等着失主。荷花的妈看她站在村头不回来，让她哥去看怎么回事。荷花的哥知道她拾了个包袱，拉着荷花赶紧回家，荷花就是不回，接着等，终于等来了丢魂失魄的那骑车女人。女人看到荷花手里的包袱，不说感谢的话，一把抢了过去，打开包袱便查看里面的东西。骑车女人看包袱里的金手镯、金耳环和所有的物件，一件不少，以异样或是怪异的眼睛，打量了荷花和荷花的哥哥，一句话没说，扭头走了。荷花的哥哥冲那女人喊，你怎么没句话就走了？！那女人头也没回。荷花松了一口气，幸亏她哥不知道包袱里有金手镯和金耳环，要是知道拾的是贵重东西，这女人能这么轻易而无情地走了吗！尽管那女人无情无义，甚至对荷花兄妹怀疑，但荷花等到包袱物归原主，没有委屈和埋怨，脸上笑盈盈的。后来那女人想到她对荷花兄妹的不对，打听到荷花家，给荷花兄妹道歉，给荷花兄妹送了鞋。荷花的哥哥要了，荷花死活不要，让那个女人感动得掉了泪。

村里让荷花管修水库民工的伙食费，也让她采购。要说管钱的不能买东西，采购的不能管钱，不然又管钱又花钱，自己说买了多少是多少，自己说花了多少是多少，谁能放心？队长对别人谁也不放心，可就对荷花放心。这放心，是经过队长考验的。队长让荷花既管钱又采购，荷花买一分钱东西，账就记一分钱东西；荷花买多少数量的东西，账就记多少钱和多少东西。有人暗自怀疑荷花，荷花每天买这买那，肯定有贪污。队长就暗自做核对，也暗自去卖主那里核对，结果一分一毫也不差。不仅不差分毫，她还用最少的钱买最实惠的东西。最让队长感动的是，有次荷花从镇上买了十斤白糖背回工地，三伏天走十多里路，又饿又渴，要说吃口白糖既解饿又解渴，可她回到工地嘴上却脱了皮。队友们看荷花又饿又渴快瘫了，心疼地怨她，怎么不吃口白糖呢？吃口白糖，也不至于把人饿软了。又有谁知道，荷花是真没吃白糖？荷花真没吃一粒白糖，因为十斤白糖的包装口都没打开。队长责怪荷花，你就是把白糖口袋打开吃上一斤八两的，那也没事儿，总不能把自己饿成这样！荷花想，大家的心是好心，可她是不会这么做的。大家对荷花赞赏得没有词了，说她的名字跟人太相配，一点"灰尘"都不沾。

　　荷花诸如此类的事情不少。可这些事并没让我对荷花产生多少好感，反而在我看来她是个奇怪人，一个小小年纪就很怪的人。有几件事，要放在别的人那里，偷着乐还来不及呢，可在她这里却让我下不了台。别人说她心若荷花干净，我不信，我就试她。有次我给她家故意多分了五十斤粮。我是会计，有小权给哪户多分点生产队的东西。我有意给荷花家多分了一些，可被她察觉到了。因为她家与邻居杏花家的人口一样多，她家分了一袋半，杏花家却只分了一袋，荷花一眼就看了出来。荷花问我，她家为何比杏花家分的粮多？我看她较真，便不理她。她让我把多分的粮食退了，搞得我下不了台，只好把多分的粮食退了。这让我既佩服她，又讨厌她。还有次记工分，生产队社员每天劳动工分由我记，我给荷花父亲的工分记错了，她父亲没有下地，我记错记上了全天工分。多记了工分，偷着乐才是，可荷花当着那么多人面把工分本递过来说，她爹爹今天没下地干活，我记错了。她把工分本递给我，要我把多记的工分销掉。我只好销掉，却搞得我脸红脖子粗。有人拿我取笑，说我给荷花爹爹多记工分，是在讨好荷花。这话太损，把我羞和气得头抬不起来了。我顿时憎恨起荷花来。还有一次，我和荷花正好搭对子下地干活，地里西红柿熟透了，我也渴了饿了，我得吃。荷花也一定渴了饿了，我料想荷花不会吃，就没给她。我摘吃，她不摘吃，她不敢拦我，只是用眼睛瞪我。我不怕她瞪眼，我只管吃。我实在不忍心当她面吃了一个又一个刺激她的渴欲，就摘了个最红最熟的给她，她狠瞪我一眼，不吃；我强行塞她，她也不要。我逼她吃，我说，西红柿已摘下来了，你不要，会烂在地里。就这样逼她，她竟然还是没吃，气得我半天没理她。

打这几件事后，我觉得她的正经，是对我自尊的伤害，我越发讨厌起她来。所以"怪人"说荷花有多好，我就有多讨厌她；"怪人"几次劝我娶荷花为妻，我对荷花就愈加反感。我想，我娶这么个老婆为妻，若要从"外面"拿回一根葱，那她还不把葱和我一起扔出门外？这样死心眼的女人，决不能为妻。我给"怪人"说了我的"坚决反感"，怪人说，你干会计就该娶荷花这样的女人，那是你的福。"怪人"对我关心的话里透着不放心，好像没有荷花这样的女人管着我，我会贪污似的。我一个村会计，有多大点权？用得着荷花这样的"死心眼"女人管吗！我很反感"怪人"的话，我更加反感荷花。

后来，我到外地当兵，荷花考到了财会学校。后来，我当了部队的保管员，荷花当了会计。我当了保管员，管着部队吃的喝的用的，但我怕犯错，我就拿荷花当作偶像，满脑子荷花的影子，以满脑子荷花不沾公家便宜的劲儿对自己较真，从不敢对公家任何东西有贪念之心。我被重用了。我被重用，一直感念荷花，感念荷花让我收起了贪念之心，在我不知多少次贪念涌起时，荷花的"影子"管住了手，把我手管得牢牢的，一次都没敢伸出去。不贪不占，我自然又被重用了。

我有今天，真感恩荷花对我的影响。我打听荷花的电话，让我万万没想到的是，荷花被判刑了，犯的受贿罪，还没出来。谁犯贪污受贿罪都有可能，最没可能的就是荷花；即使我犯贪污罪连我自己也不会惊奇，荷花犯罪却让我惊奇。我怀疑我的耳朵出了问题，我怀疑说荷花犯受贿罪的人与荷花有仇是在诅咒荷花，肯定是造谣。我再问同乡别人，说荷花确实犯了贪污受贿罪，判了十年刑。我说，谁犯罪都有可能，荷花怎么会犯贪污受贿罪呢？她年轻时内心那么干净，干净得容不下半点污秽，她怎么会变了呢？同乡说，一个人变了不奇怪，不变才奇怪呢。我对荷花受贿犯罪想不明白，我对同乡的话也想不明白。

那时候很慢

那时候很慢。

村旁那条七扭八拐且忽高忽底的古道上，没有汽车，无论是骑的拉的走的，近看是在动，远看是蠕动，我走在这道上总是比别人还要慢。我从不认为慢，与好同伴赶路，路有多长话就有多长，总嫌走得太快而话没说够。即使骑马比双脚要快，我也不认为骑着马的快比双脚行走的慢快乐，人与牲口没法说笑，我与伙伴有说有笑，伙伴与我观花戏鸟，半天的路结识了好几个同路人，半天的路说了半天的话，路虽走得很慢，但感觉一点也不累，一点也不慢。那时候汽车很少，而汽车跑得很快，很害怕跑得快的汽车，它机器的吼叫和刺耳的喇叭声吓得人畜惊慌，它在村路上卷起的土灰四扬让全村遭殃，它飞快的轮子时常压死家禽也压死压伤行人。村人憎恨汽车之类跑得快的东西，我也憎恨汽车等跑得快、响声鬼哭狼嚎的东西。村里人不去远处，最远是去县城，最喜欢三五成群结伴走，慢悠悠边走边看风景，坐车头晕，抵触坐车。讨厌汽车、不坐汽车的我和村人，没因为没坐汽车去远方而失落，没因为走路比坐车慢而苦恼，反倒觉得没有汽车的村里村外清静。

村里人越来越讨厌跑得快的东西，讨厌汽车，也讨厌摩托车，更讨厌拖拉机进村。这些又快又吼又蹦又跳的铁玩艺，自从轧死了村里一个老人和一个小孩，轧死了好几头猪，时不时轧死鸡鸭，轧伤人和牲口而让村人惧怕，嫌弃。村人见到这些飞跑的铁"兽"，好似见到了魔鬼，总是避它远远的，宁可绕远走土路，也不愿意靠近它。他们一点也不讨厌慢悠悠的马车、牛车和毛驴车。慢的马车、牛车和毛驴车，与田园和村庄的古朴风韵极其吻合，与村里人慢的性格极其吻合，村人宁可赶那慢得让城里人着急的马车，也拒绝那快的铁"兽"闯进村来。

那时候很慢。

村人不喜欢汽车，而却喜欢火车。汽车在路上快得耀武扬威吓人，也随时会"吃"人，而火车虽比马车跑得快，但它在一对铁轨上"滑"着，人不撞它，它不撞人，不但没人害怕它，反而愿意坐上它去很远的地方。那时它走得如地上一条蚯蚓，慢得边走边停，时间长得得几天几夜在一起，人与人无话找话，人与人相互往亲近里处，走一路聊一路，聊一路聊不够的话题，聊到下车"聊"成了朋友或恋人。下车时依依不舍恋恋不舍者，留了单位家里地址和电话，多有聊出情投意合和相见恨晚的，成了一生哥们和姐妹，成了有情人千里迢迢结连理的美夫美妻。村人喜爱这样的慢车，慢车里不仅能听到看到结识到村里听不到见不到的事和人，还能认到"亲戚"。

后来火车越来越快，快得曾坐一天一夜和几天几夜才能到的地方，只需几小时便到了，车厢一人一座扶手隔开，快得让人与人没了这依赖感，快得让人少了亲近感，快得让人互相有了距离感，快得舒服得让人很容易眼里无人。在这飞快而短暂的旅途上，没有了依赖感，是因为不需要帮助，不渴望别人帮助就与人无话可说，且转眼就下车了无需与人有话可说。所以一车都是人，下车还是陌生人，很难交到朋友，更难产生恋情。

那时候很慢。

一地的庄稼在等人畜肥，肥施得多并勤，庄稼就长得快和壮。而往往长得很慢，是因为人畜肥少得像撒"调料"，庄稼"吃"不饱，只能靠晒太阳壮"骨"长"肉"，长得就慢，个就小，但颗粒坚实，粒粒能成面且散发出扑鼻的清香。而长得很快的是上化肥的庄稼，撒一次化肥，就会疯长一大截。化肥催长的庄稼高粗且颗大，但肉松香淡，做面食缺筋少骨。不施化肥长得慢的人吃人胖，而依赖化肥长得快的让人虚胖。村里人于是就种两块地的庄稼，一块施化肥的，一块施土肥的；施化肥的卖给城里，施土肥的留给自己吃。城里人知道施化肥长得快的粮食没有施土肥长得慢的好吃，便到村里出高价买长得慢的粮食，村人自己都不够吃，哪有多余的卖给城里人。有的城里人就租地雇人给他们种长得"慢"的庄稼，供自家人享用，为它的天然纯香而窃喜不已。他们窃喜的缘由是这些长得慢的粮食，吃了长精神且不得怪病。

那时候很慢。

家里的鸡、鸭、猪长得很慢，全靠粗糠野菜饲养，长得很慢，也长得很瘦。但长得慢和瘦的鸡、鸭、猪肉，是没异味的清香，是肉味醇正的自然香。用人工配制的饲料喂养的家禽畜长得快而肥。三个月就比一年才能长大的鸡鸭还要肥；半年就能养肥一头过去一年才能养成的猪。有人将快速催长的饲料推销给村人，快速养成的鸡、鸭、猪省时省力赚钱快而多，速成养殖场成了"摇钱树"。鸡、鸭、猪在没有阳光的温室里被"科学"催长，长得快而肥大。快速长成的鸡、鸭、猪肉，是变异的肉，缺乏纯美的香味且有难以辨别的怪味。村人把鸡、鸭、猪养成了两圈，一圈喂有添加剂的饲料，一圈只喂野菜粗食。于是，一圈长得快一圈长得慢。长得快的饲养成本低能卖到好价钱，长得慢的饲养时间长饲养成本高；长得快的卖到城里，长得慢的留给自己。城里人渴望买到"土"养长得慢的鸡、鸭、猪肉，但长得慢的养殖时间长且数量少，哪有多余的能卖给城里人呢。

　　那时候很慢。

　　那时村边有条小河，缓慢地流着一股清泉，村人都吃这一河水。也许村人的性格受到这小河的感染，生活节奏像这条河水一样，悠然自在，慢悠悠地洗菜、洗衣、挑水，慢悠悠地种田浇地，慢悠悠地说事和聊天，一切都不急，一切都显得慢条斯理，连饿的牛羊都被人的慢影响，吃草从不急，慢吃慢嚼，好像吃快了会被耻笑。这养成的慢节奏，就让人过成了慢生活，村人大多不急不躁，也就少了高血压和心脏病等，长寿老人自然多。后来全村人被开发商"开"到了楼上，小河水变成了自来水，水龙头里水流得很快，洗衣机比河边洗衣快，上下楼电梯很快，变成楼房的门彼此关得很快，门口的车很快，村人去哪里从此也很快。村人上楼后，便没了慢走路、慢聊天、慢吃饭、慢说话、慢做事等慢的生活方式。我的脾气长了，村人的性格也变了，变得越发烦躁和不安。

　　那时候很慢。

　　那时候人们都很盼信，盼亲朋好友的信，盼不来信会盼出病的，而往往信的到来很慢。信"走"得很慢，远处的信得盼几十天或几个月。表面是盼信，实是盼人的"影子"，盼一个人的"到来"，盼一个人和一家人的说话。盼到信，就盼来了安慰、喜悦、"见面"。而盼信的时日，是焦急、猜疑、担心、痛苦，当然也有兴奋、联想、思念、甜蜜。这些在盼望中悠长的多种情绪翻腾，便是对远方人的浓情想念。因此那慢得让人无可奈何的盼信过程，就会加深对远方人的情感和爱恋。

　　如今手机、电话、微信和视频代替了写信。想了，要么一个电话，要么一个微信，要么视频面对面，立马就能解决想念、相思之急。手机把人与人从天边拉到了面前，只要电话与微信通畅，只要接通视频，就地可以对话和"见面"，思念不再沉重，甚至瞬间荡然无存。这些"电信"的应用，让时

空缩短，短得就在跟前；让思念变得短暂，变得简单和浮浅；让思念轻易得
到释放，爱的热情便难以燃烧起熊熊火焰。

那时候很慢。

那时候写一本书写得很慢，一笔一画都得写在纸上，一字一句修改都得
在纸上，改了的字句都得一字一句誊清。修改多少遍，就得誊清多少遍。本
来写成已很慢，修改后誊清就更慢。一本厚书，写掉几牛车的纸，写几十年
是常事，写一辈子也是常事。而写了一辈子的书未必能留在世上，留在世上
的也许只是一篇短文。也有很多留在世上的书是写了一辈子的书，所以，那
时候留下来的书不多，但留下来的大多字字珠玑，光芒四射。

那时候很慢。

世界很大，远在天边。洲与洲之间的距离在水上、陆上、车与船上得经
数月跋涉，且摇摇晃晃走得很慢，慢得难以知道到达的确切时间。至于炮弹
子弹速度虽快，射程却也很"慢"，"慢"得只能射几千米而已。不担心天
空飞来东西，不担心空降兵将，慢的世界是那么安静。现在有了飞机，去天
边很快，在日出日落昼夜间即到；敌人空投一支部队到一个国家，也只用数
小时。现在有了导弹，导弹快若光闪，把弹头从一洲扔到另一洲，来不及躲
藏死亡之弹就落在了头上。这些快的东西，把遥远的地方"拉"到了咫尺，
让敌人的屠刀悬在了头顶，世界不再神秘，世界不再平静，危险随时会出
现，敌人的气息让人心惊肉跳。

……

那时候很慢，没有汽车和机器的喧嚣，没有天空的飞行物，更不会有飞
来的炸弹和空降的敌人。现在快的事情很多，多得无法描述。

究竟是慢好，还是快好？是安静好，还是喧嚣好？是单纯好，还是丰富

好？是人与人、国与国远在天边好，还是"拉"在眼前好？是马路越宽车越多越快好，还是马路不宽车越少越慢好？是没有飞机和快船好，还是飞机和快船越多越快好？是没有飞得快的炮弹好，还是让炮弹飞得越快越好……这些纷繁的"慢"和"快"，究竟哪些是适应人类的，哪些是束缚人类的；哪些是宜人类的，哪些是反人类的；哪些是攀登的阶梯，哪些是作茧的绞索；哪些是在编织幸福，哪些是在开掘地狱？在慢和快上，得思考它们之间对人类世界文明发展的意义所在。

慢，封闭了人的欲望；快，放飞了人的欲望；慢，人活得单纯；快，人活得丰富。慢和快，没有绝对的好，也没有绝对的不好。慢，让人对未来充满憧憬；快，让人对未来充满喜悦，也充满了迷茫、失落和不安……

太阳土

　　每当我离家远去，母亲最担心我水土不服。

　　我的肠胃有敏感症，只认老家的水，挪个地方就水土不适闹肚子。母亲说拉肚子是肠胃在"换水土"。肠胃熟悉了老家的水土，陌生水土就不适应，肚子认生，我不奇怪。

　　这次去离家很远的地方，一去要好几年不能回来，肠胃肯定得大"换"水土，定会拉得爬不起来。母亲很担心，就给我备了包东西，临上路的那天，她装在我衣兜里，叮嘱我每天喝它几次。

　　我知道那是一包土，是那晒了很多年太阳的土，叫"太阳土"，也叫"老土"，是那种细如面粉的绵土。这是我每次出门，母亲都会让我带的东西。我带上它上路，母亲添了些安慰，我也少了些惧怕。

　　"太阳土"是老墙下的土，是太阳晒落墙上的灰土。老土收藏了太阳多年的炽热和光色，比寻常黄土更黄亮，暖融融。土被晒成了纯粹的土面，老人不把它看作是土，看作是太阳身上的灰，说它干净得很，灵气得很。在那缺医少药的年代，老人偏爱这土，喝它暖肠胃，出远门带上调解水土不服。

　　我父亲每到异地他乡，喝的第一碗水里，就放些"太阳土"。小时候，每当我闹肚子，母亲就给我喝碗"太阳土"水，懂事后我不喝，我说喝它是愚昧落后。医生也不认可它有调解肠胃的功效。可父亲说，喝了它肚子舒坦些。母亲也说喝了它肚子畅快，我也只好听母亲的话，出门就带上一捧。我到远处喝的第一缸水，便是"太阳土"水。

"太阳土"的名字好听，水却难以下咽，有苦酸辣涩麻咸等说不上来的味，入口喉咙发呕。母亲说常喝就不难喝了，喝惯就好了。这样的东西能喝习惯吗？我喝一次难咽一次，从来没喝习惯过。虽难喝，我却是权把它当作母亲的爱心，才喝它的。想到喝土水的怪味，就想到土里什么都会有，土脏。想到土里的脏来，就想吐。可母亲和老年人把它说得很神奇。老土难道真有神力？这让我注意起这老墙的土来。

老土里除苦酸辣涩麻咸外，那说不清的味究竟是什么？深想，一撮土还真不简单。一撮土来自一片土地，一撮土里有世代村人。土里，包含着这世上所有消亡的东西，也包括老祖宗的气息等一切。越想这土的生成，越觉得它复杂。

这墙的土坯是哪里来的？老人懒得回答我这问题。我怀疑这"太阳土"的墙，是来自村西荒地。那里有人常年打土坯，打的土坯不是村里打墙用，就是盖了房子。荒地虽是花草遍地的树林，当年却是坟地，挖出过秦汉唐的古董，也挖出过元明清的钱币和陶瓷，当然还有棺材的朽木、人骨和兽骨，这其中或许也有我的祖先。村人会用这土打墙，这老墙的土，虽被太阳晒成黄亮的尘埃，但它有祖宗的痕迹、遗留，有太多消亡生命的秘密。难怪这土的水，有神秘的气味，有说不清的味道。

这土的水，是真能疗愈肠胃，还是祖辈乡土情结的狭隘偏执？我无法判断。可它确有安慰肠胃的功效，它被我的祖辈确认，也被我的肠胃证明过。我之所以认可它的作用，是因每到异地水土不服时，喝这"太阳土"水，就像母亲抚摸了我肚子，肠胃会舒服起来。我便有点信了老人对它迷恋的说法，也不好再置疑母亲对它的偏爱。

是肠胃只认熟悉的乡土，还是乡土里有令肠胃熟悉的、源自母土的神秘元素？想来乡土里有"地气"，有母亲的"气血"，有出生在这块地上的生命的根。一撮"太阳土"就是乡土的根。这也许是这"太阳土"或"老土"的密码吧。乡土是生命的根,乡土里有灵气。乡土与生命的链接就是"太阳土"的神奇内涵。

水土的根里是祖先,每一粒土里都有祖先。大地上的生命倒下,也包括我的祖先,一切都入土,化作养育万物的圣洁的泥土,化作了水、草、树、麦、禽、布等供人吃穿用的物质。也在阳光、空气、水的烘烤、氧化、洗涤下,腐朽的物质变成了有魂的净土、"太阳土",泥土变得纯洁而神圣,我不再嫌它脏。老墙的土被太阳晒"香","太阳土"是香土。

离村庄越远,母亲装我兜里的"太阳土"就越发热乎乎的。我疑心这只是我的想象,但摸摸兜里的"太阳土",的确温热。难道"太阳土"真是神土吗?在这寒冷的车厢,在这冰冷的衣兜里,怎么会有温热呢?我想它是吸纳了日月的精气,也尽收了祖先的神魂吧。

我一路上惦记着到异地的那杯水,也提醒自己离家时母亲反复叮嘱的,喝水时不要忘了放点"太阳土"。

我被拉到了大山里的哨所,风是咸的,水也是咸的,这样的水土我的肚子哪会"服"?我把几撮"太阳土"搅到了水里,一口气喝下了,但还是拉了肚子。想必这水土对我肚子太"生分",我喝它喝得太少了。我就连喝"太阳土"水,当然也吃了连队卫生员给的药片,肚子才安稳下来。"太阳土"喝完了,我的肠胃也终于适应了哨所的水土。是"太阳土"起了作用,还是卫生员的药片起了作用?我一厢情愿地相信是"太阳土"的功效。

习惯了异地的水土,从异地到异地,仍是水土不服,仍会肠胃难受,就想老家墙下的"太阳土"。想起那黄亮的土,顿感肠胃舒服了起来。

清晨的彩虹

你看到过清晨的彩虹吗？我兴奋地告诉你，我看到了！那是在一个深秋早晨，我在下榻的云南保山一家酒店16层房间，当我拉开窗帘，我惊奇地看到，在朵朵白云漂浮的碧蓝如洗的天空上，挂有一道七彩夺目的彩虹。彩虹大而厚重，像被圆规画出的极为精致的半圆，潇洒自如地飞落在山前，镶嵌在保山城上空，整个保山城如同罩上硕大彩环，好一幅景色绝美的油画！

这是我近在咫尺看到的彩虹，它恍若随手可揽的花环，能够轻易拥抱到怀里。这简直是一幅让人惊叹的美景：宽大的彩虹，在绿如翡翠的山前，划成一道饱满的半圆，拥抱朵朵白云，尽揽山的嵯峨壮美，也尽拥宁静、清新和秀丽的保山山城。晨光、彩虹、蓝天、白云、青山、秀美的山城，在晨阳的霞光里，形成了一幅美若画卷的奇景。

这清晨彩虹的美丽奇景，是以细腻、精致和秀美混合而成的。它的细腻极为丰富，看上去是赤橙黄绿青蓝紫七彩，实际上是数十种色彩组成的，是柔绵得细嫩而鲜艳得耀眼的那种色彩。那环绕彩虹舒卷的朵朵白云，像天空飘落的白絮，又像是被抛上天空的花团，是那么精致。那天空的蓝，如泉水清洗过似的，纯净得没有任何杂质。那七彩虹下高而不险的山，是苍松翠柏的颜色，好似毛茸茸的衣领，围在山城的颈后。那彩虹下的别墅和楼房，大多是白色的，错落有致地形成一块块方阵。还有那开在楼下路旁的鲜花，那恬静而散发着花香的街道，那街两旁林荫蔽道的梧桐，那梧桐树下成群结队穿着清爽校服的学生……

正当我沉浸在这清晨彩虹带给我无限喜悦的时候，突然从楼里飘来清亮而委婉的二胡曲调。那曲调拉得悠扬动情，给品赏彩虹美景添了份浪漫情愫。这曲子很耳熟呢，是保山流行百年的民间音乐《赶马调》。我曾听过保山的《赶马调》，那是以悠扬动听的芦笙、葫芦丝、太平箫、小三弦以及彝族香堂人以"酒醉筒"、"牛头琴"、"拔地鼓"为主奏乐器的土巴垃器乐演奏的，曲调高亢明亮，变幻无穷，令人陶醉。它是保山的汉、彝、白、阿昌、布朗等民族的人都喜欢的曲子。

这《赶马调》，我在一年前保山腾冲县的国殇墓园听到过。那是一位瞻仰烈士陵园的古稀老人，在一群墓碑前，双膝跪地，老泪纵横地磕完几个响头，大声哼起了一支曲，哼得极其悲壮而哀伤。保山的朋友说，他哼的歌叫《赶马调》，是保山古老的民间歌曲，可以唱得很随意，也可以唱得很忧伤。

老人这哀伤的《赶马调》，是唱给墓地哪位长眠者的？这里沉睡着数万名松缅抗战英雄壮士。这个抗战的勇士是老人的亲人，还是老人的战友？他为什么要唱这歌来祭奠故者？想必，那位长眠地下的勇士，是非常喜爱听这首歌的人吧！

古稀老人泣不成声的伤感曲调，让我的眼眶涨满了泪水。我在宏大的石碑上找到了古稀老人伤痛的所在——那段中华儿女血肉染成的悲壮历史。那是在20世纪40年代前期，就在保山等地，爆发了一场保卫滇缅国际通道、维护国家领土主权的抗日爱国战争，也就是闻名于世的滇西抗战。

在这场事关中华民族存亡和世界反法西斯战争胜败大局的战略决战中，中国远征军、美国盟军、爱国华侨和滇西各族人民英勇奋战，以伤亡20多万军民的代价，谱写了一曲英雄大史诗。尽管有几部影视剧描写这场决战的悲壮，但好像没有哪部作品，能够深刻地再现那场战争和那些勇士们面对的残酷和表现的英勇顽强。

这位古稀老人祭奠的故者，一定是这无数军民中的一位，他有可能是保山人，也有可能是外乡人，是与这古稀老人有着特殊情感的人，他一定听过或唱过《赶马调》这曲子的。可惜眼前墓园里，仅仅是一条条小得不能再小的只能写下英烈名字的小墓碑，没有生平介绍，更多的英烈甚至连名字也没留在这里。墓碑上的名字，是那么活生生地令人亲近，但难以知道他们的容貌和壮烈事迹。只有那位古稀老人，也许能说出墓园里一位或几位烈士的故事，这墓园里任何一位故者的故事一定都不同寻常。我想寻找古稀老人，可他被家人搀扶走远了。

金黄色的晨阳里飘着细如发丝的秋雨，彩虹在阳光里分外鲜艳。回想在腾冲国殇墓园的古稀老人那痛苦不堪的音容，我感到这保山清晨的彩虹，蕴藏着更多的诗意。它让我在享受浪漫中，感受到了一份神圣般的庄严。

相思树

　　老人的院里只栽一棵树，树上的花白里透粉，粉里透紫，像她做新娘时的裙色。树向东南斜着，花儿也向东南开着。

　　树叫什么树，花叫什么花？树是无名树，花自然也是无名花。树为何朝着东南栽，花儿为何向着东南开？那是老人有意朝这个方向栽的，那是缅甸方向。这种树，在这个老旧的院落，种了至少几十年了，这种花，也在这院落开了几十年了。这棵树，是她从松山深山挖来栽种在门前的，她叫不上树的名字，就称它为"相思树"。相思树上开着相思花，芳香扑鼻。

　　老人守寡七十多年了，自她新婚的丈夫参加远征军那天起，她几乎每日都朝村口东南路口瞻望，等待夫君回家。冬去春来，冬去春来，战争结束了，远征的将士一批又一批回来，有的是自己回来的，有的是被人带回来的，可望眼欲穿，也不见她的夫君归来。她听说他在松山战场，又听说他去了缅甸密支那战场。她去松山找他，在松山被炮火烧焦的泥土里苦找，没找到他的一点儿踪迹。她虽伤心，却坚信，他没有死，他还活着，他一定会回来。他这样应允过。他一定会回来的。

　　她把从松山采来的一棵小树，栽到院落里她和夫君曾经吃饭的石桌旁。树活了，长得结实，开起了粉红的花。每年四季，花儿落了又开，开了又落。后来，花儿不单是粉红色的颜色，还从粉色里生出一丝紫色。那是她裙子上的花色，是她和夫君相拥时穿过的裙色花。天赐的花儿，盛开在她忧伤和企盼的心里，使她找到了一丝慰藉和寄托。

慢慢地等待，她夫君的音讯越来越渺茫。相思树长出了枯枝，新娘的头发等花白了，相思树老了，枯了躯干，花儿开得越来越凋零，终于散落不见。新娘顾不得花白了的头发，却把枯树的新枝折下来，又栽到泥土里。老树枯了，最后的几片树叶也枯了，而新栽的小树长起来了，开了花。花开了，又谢了，小树又长成了老树，老树长成了枯树……新娘变成了老人，小树又长成了老树。当初的一头青丝，随着树枯树荣，变成了花白，变成了银白，她的夫君仍无音信。

七十年的等待，眼睛流干了泪，而爱的心泉没有枯竭；七十年的相思树，开了七十年的相思花，枝枯过而花依然吐着芬芳。

老人的盼望凝结在那个未归者的数字上。她听说，远征军四十万人去了缅甸，伤亡了二十万人，还有几万人没回来，她断定那没回来的壮士中一定有她的夫君。

她还在等待。到了九十岁的年龄，等了七十多年的她，又等回来了一批远征军将士，可那是十九名遗骸。她听到这个消息，就采上鲜嫩的相思树枝，枝上开着大朵的花，守候在瞻望了几十年的路口，等待他们的到来。她希望其中有他夫君的遗骸，而又不希望有。十九名遗骸有姓有名，并没有她夫君的名字；腾冲国殇墓园里有更多没姓没名的遗骸，她也不相信那里有她的夫君。她固执地认为，她夫君还活着，一定是在密支那的什么山村里，像自己一样满头白发地活着。

尽管心存希望，但她自从政府建起国殇墓园，每周都要来一次。每次，她都久久凝望"中国远征军"纪念雕塑，献上一枝相思花。这个雕塑上年轻的远征军战士，在她看来就是她的夫君。那威武的身躯披着伪装的树叶，头戴德式钢盔，手持美式步枪，服装简洁、脚蹬草鞋，那是她夫君出征时的英姿。他的英俊和豪气，刻在了她脑子里，让她一直心涌自豪。

　　一场寒风后，院里相思树发枯了，叶掉了，花落了，看样子这棵树很快就会老枯了。老人早料到了树的生命周期，院落里栽的小树枝头，已叶茂花开了。这是新栽的多少代树了，她也记不清了。树还是朝东南栽，花儿还是朝东南开。朵朵粉里透紫的花儿，张着小口，像是在向远方呼唤。

柳　母

　　柳的韵味，是女人的韵味；柳的神态，是女性的神态。

　　我在柳下长大，记事时知道的树，是柳树，至今迷恋的树，是柳树。柳的妩媚与柔情，恰是母亲那纯朴与慈祥的神形。

　　家乡满是柳，院落是柳，房前屋后是柳，路边是柳，湖河沟旁是柳，荒郊野外是柳。我记事时，也是记住母亲模样和柳树样子的那次，是个很热的中午。母亲抱着我，靠坐在房后柳下干针线活。我躺在母亲怀里，在瞅母亲的脸，也瞅柳树。母亲的脸上不停滴汗珠，滴到了我嘴里，不甜，是苦咸的。我不安分起来，要抓柳条，要上树，要跳到柳上与小鸟玩。母亲揪柳条给我。我闻到了柳叶上的糖甜味，柳叶的糖真甜。柳叶上有糖蜜，像母亲的奶汁那样甜。我把一枝柳叶舔了个干净，却没吃够，闹着还要，母亲又折给我一枝。我舔着柳叶糖，不饿了，不闹了，睡着了。满嘴甜蜜的我，梦里飞上了柳树，去抓一只五彩蜂，却被它狠咬了一口，我从树上掉了下来。我"哇——"地叫出声来。我的腿真是被什么咬了，入骨地疼。不是蜂咬，是被针刺。原来母亲打盹，她的针触到我的腿了。我号啕，惊醒了母亲，她急忙把奶头塞我嘴里哄我，奶头却没奶水，我闹哭得更厉害了，她又折枝柳给我，又把一片糖柳叶塞到我嘴里。柳叶上有黄麻麻的蜜糖，甜到了心，我不哭了，享受起柳叶糖来。母亲很困，把针线放到柳下，又打盹了，很快有了响亮的鼾声。我嘴里有甜蜜的柳叶糖，安稳了，就看睡熟的母亲，也看柳树。我看到母亲的脸尽是褶，与柳树的皮一样，黝黑而粗糙；我看到母亲额上蚯蚓般粗的几道沟，只是比柳树皮上的沟浅些；我看母亲的嘴唇裂有血口，与那柳树皮一样，张着干口；母亲的头发也好像那被晒干了水分的柳条和柳叶，焦黄干枯……

我瞅母亲的脸，也瞅柳树。树粗而高，树身比母亲的腰粗，密密麻麻的柳枝比母亲胳膊壮，那垂到地上的柳条，多像姐姐垂在身后的麻绳辫子。更让我新奇和害怕的是，枝条上的很多鸟，很多喜鹊，很多蜜蜂，很多蝴蝶，它们也被热得打盹，只有绿虫在柳上来回蠕动。细腰和圆腰的蜜蜂在柳叶上忙碌，那叶上尽是清亮的蜜滴。有几只打盹的鸟，有几只戏耍的蝴蝶，要掉下来，却没有掉下来；有虫子掉在了树下，还有虫子爬到了母亲头发上，眼看爬到她眼睛上，我被吓哭了。母亲被我哭醒了，摸到了额头的虫子，把它扔到远处，接着做针线活。在那个中午酷热的柳下，我知道了柳叶上有很厚的糖蜜，看清了母亲脸上的沟壑，也看清了柳的神秘与蜂和蜜的秘密。那糖蜜被太阳晒得直往下掉，真让我着急。

柳叶糖蜜充当了母亲的奶汁，在母亲没有奶水的时候，在我哭闹的时候，她会把我抱去柳树下，揪柳叶糖给我吃。有一次，我看到商店的花糖，闹着要母亲给我买。家穷，母亲哪来的钱给我买糖果，回家赶忙给我揪柳叶糖蜜吃。柳叶糖虽极甜，但有苦味，我不要，要花糖，想着商店的花糖直发脾气。母亲说，没钱买。闹也没用，我的念想只好在柳叶糖上了。

柳叶糖虽有苦味，却想吃就有；柳是蜜糖的树，到柳树下，总会吃到柳叶蜜糖。我欢喜母亲抱我去柳下，柳叶糖解渴，也解饿。姐姐也给我揪柳叶糖，她揪给我的柳叶上也有厚厚的糖蜜。母亲和姐姐为给我揪柳叶糖，好几次都被蜜蜂咬伤了，手和脸肿得像灯泡。

满树柳叶糖的柳树长得粗壮，母亲喜欢坐在柳下，我也喜欢上了柳树。越老的柳树，蜂窝越多，蜂越忙，柳枝上就往下滴蜜汁。屋后的老柳，蜂爬满了柳叶，它们吐出的金黄蜜，随风散着甜香味。母亲下地时把我放在老柳下，会折枝柳塞我手里，我就在柳下吃柳叶糖等母亲回来。母亲回来，又会给我揪柳叶糖。而等母亲回来很难，常等很久也不回来。我多么盼我长个儿，那就自己能揪柳叶糖了。

吃柳叶糖的事很快就不用母亲和姐姐代劳，我自己可以够到柳条了。屋后柳长成了老柳，粗壮高大且枝粗叶茂，柳条垂地，树洞和树杈尽是蜂窝，极忙的黄蜂和黑蜂，在柳上酿着金黄的蜜，一片柳叶一片糖，一条柳枝一棒蜜。柳叶糖是我这样贫困孩子的点心。饥饿的时候，困乏的时候，路过柳树的时候，吃它解渴解饿解乏。这棵老柳上的蜜，可以从春天绽放到秋天叶落，冬天还会有蜜糖，那是冻僵的柳枝上存留的蜜糖。

我在糖蜜的老柳下渐渐长大，感到老柳是亲人，是母亲的替身，姐姐的化身。每当母亲下地，姐姐外出，我就坐在屋后老柳下等待。柳下有母亲、姐姐的头发、气味，有她们的影子，坐在柳下少了孤单和惧怕。更让我温暖的是在离家去远方或从远道回到村头，每当想起和看到屋后那棵老柳，就感到那是母亲和姐姐，在等待或朝我招手呢。老柳给我的亲切与温馨，是母亲和姐姐的笑容和眼睛。

可有一天，几个壮汉要砍这棵老柳，用它去架河的桥。村东小河上需要结实大树架桥。我不让砍，他们理也不理我就抡起了斧头。我抱着柳树不让砍，他们问我为啥，我说是我妈妈栽的柳，砍了它，我妈没了乘凉的柳树，我也就没了吃糖蜜的柳叶。他们说它是闲树，架桥是积德，是为我家积德。柳架桥是积德，是为我家好，这话把我唬住了。母亲舍不得，父亲也舍不得。我问母亲，他们砍柳是为咱家好吗？母亲在流泪，却又点点头。老柳马上要被砍和锯了，我不知道怎么面对才好。想这如同母亲和姐姐一样亲密的老柳，很快将在我眼前消失，就如同没了母亲和姐姐的影子一样，我该怎么办呢！我恨砍树的人，想把他们赶走，但我没这个能力，也阻挡不了他们寒光闪烁的斧头与锯子。

　　柳被砍出了沟，流着殷红的血水。锋利的锯子直入柳树的心，红红的锯末从齿间飞奔出，那是被撕碎了的柳的肉骨，每一锯好似锯在我身上。我愤恨这残忍的下手，也看不下去这悲惨的一幕，我抹泪躲开了。

　　老柳粗大，他们虽用的是锋利钢锯，却用了吃奶的劲，锯了足有吃顿饭的工夫，才把老柳锯倒。当我听到那"哗啦啦—咚"地动屋晃的声音，我的心被揪下来了，头"轰——"地失去了感觉。在这可怕的声音落了好久后，我的脑子才有了知觉。我从屋前看柳，柳不见了，它被"放"倒了。老柳躺在了屋后，继而十多个汉子把它抬走了。锯开的柳是暗红色的，断口流出殷红的血水，流到了屋后很远的地方。他们连柳条也要拿走，我抢下了一些柳条藏起来，那是藏下了这棵陪我十多年老柳的影子，也藏下了它的最后的糖蜜。

　　老柳真是被架在了小河上，马路被接通，人、马、车顺畅走过，老柳支撑起了结实的桥。老柳虽被锯走，但树根很快冒出了柳条，铺成桥的柳身也冒出了枝条。老柳虽倒却还活着，这使我宽慰了许多，但仍使我深深伤感的是，没了柳的屋后，就没了柳下的母亲和姐姐，没了母亲和姐姐的张望和招手，尤其回家时看到屋后没有柳，就担忧母亲和姐姐不在家。

　　没了老柳，哪里找蜂蜜多的柳叶？我很快知道什么地方的柳上蜂蜜多。那是村西的湖，那里有满湖的老柳树。老柳上蜂窝密布，柳枝柳叶爬满了蜜蜂，好几种蜂在蜂窝产蜜，也把蜜产到柳枝和柳叶上，柳枝和柳叶上如同蜜里泡过似的，随便舔哪片柳叶，都是片浓甜长久的叶糖。

　　我在这柳林里找到了母亲和姐姐的影子。它们是泉边两棵一大一小的柳。大柳有点驼背，柳条稀疏，柳头上长个大结，像一张历经磨难的女人的脸。它让我想到了劳苦的母亲。母亲生了八个孩子，夭折了两个，在缺吃少穿的贫困日子里，吃着黄连一样的苦，把六个孩子抚育成人，腰弯背驼，脸粗糙得像柳树皮。小柳清秀得更像姐姐，柳身婀娜，柳条飘逸，秀丽动人。这两棵柳的糖蜜不同，大柳蜂多甜得浓厚，小柳蜂少甜得清香。

柳叶的蜜甜浸入我心脾，柳的样子与母亲的样子形成了一个样子，深深印在了我情感深处。不管我走到哪里，每当看到老柳，就好像看到了母亲的样子，总想舔一口那柳叶上诱人的糖蜜。

槐 念

　　家乡槐林成奇景，集古槐、新槐、天下美槐为一园，无愧槐的故乡。见到槐，自然想到槐花。槐花香总让人心醉。槐树与槐花，那是浸入记忆深处的温馨与怀念。若这海似的槐吐芳，那该是怎样一番奇美与浓香呀。可槐花已落，枝头仅有恋槐的枯花，这倒使人更想槐花了。思念槐花，便看见眼前槐花盛开，香从心底弥漫上来，顿感浓浓的槐香沁人心脾，甜蜜的味道涌上心头。

　　槐长在大江南北，槐花开在村落街头，槐是街树、村树、家树。太多人是从槐树下长大，从槐树下走向远方的。槐花香，那乳汁蜜的雅香，是让人想念老家、想念亲人和思念恋人的熟悉而特殊的香。槐树，似乎是长在人记忆里永久的思乡树。

　　槐花开在春天，春天里的槐尽情绽放花朵，甜香味的花朵绽满了枝头。槐花的乳色和乳香，那是留在孩童心里母乳一样难忘的香。现已入夏，想要享受槐的花香，得到来年春天了。正在淡淡的遗憾里，微风吹来一股浓郁的槐花香。沈丘人说，这槐花的香气，是夏槐的花香；这园林每季都有开花的槐，四季都有槐花香。这槐香从哪里飘来？在茫茫槐林里一时难以寻到花的倩影，那怒放的槐花也许藏在什么地方。槐香扑鼻，它勾起了我对槐的动情怀念。

　　槐喜北方，也爱南国，槐有近百种。无论何种槐，无不眷恋让它落脚的土地。北方村院有槐，南方人家也有槐。无论远行到哪里，总能看到槐树，这使我无论走在什么地方，总能勾起我与槐有关的情感来。

我家乡的西北古城武威，那是铜奔马——马踏飞燕的故乡，那里有遍地高大的古槐和新槐。村的房前屋后，槐树与杨树是美妙的风景。

老家人喜欢槐，也敬槐，槐不仅是遮阴避雨的棚厅和风景，槐花也是解人饥饿的美食。槐花，救了灾难里饥饿的人们，也滋养了家乡世代人。槐花在我心里，那是母乳一样的圣品。

那年初春，家里没了粮食，冰雪的天地里什么也没有，全家靠白菜汤度过每天。母亲瞅着房前的槐树说，槐苞怎么还不见呢？母亲在焦急地盼槐花抽芽。母亲安慰饥肠辘辘的孩子们，等槐开花，就会有槐花饭吃了。这让极度饥饿的肚肠，有了企盼。

饥饿里的企盼是放不下的。盼冰雪快走，盼槐开花。好在春和槐是恩赐人的，冰雪还没化，槐就孕花蕾了。花蕾长得太慢，饥饿等不住了。在焦盼里，槐终于吐出了槐叶，于是吃槐叶。槐叶虽微苦，但鲜嫩。老人说，一片槐叶会带出很多花，没了叶，也就不会有花了。人们不敢吃槐叶了，无论多饿也等待它结出槐花再吃吧。

槐花生出蕾苞的那个早晨，是个好日子，这天是我九岁生日，也是我背上书包去村校上学的第一天，母亲要给我吃顿饱饭。母亲从槐上摘了一盆槐花苞，用舍不得吃的一点白面拌在槐花里，她要给我做槐花蒸饭。

槐花蒸饭，又香又甜，味美又解饿。我已经站在灶旁，等待这槐花饭了。母亲在拌有面的槐花里洒上极少的水和盐，轻轻搓，把面和盐搓进花苞，也把花瓣搓在面里。搓到恰好时，滴几滴胡麻油，烧火蒸。

最诱人的，是母亲搓槐花搓出的香味，蒸锅里蒸出的槐花香味。尤其是蒸锅里蒸出的槐花香，诱我口水不停地往肚子里咽。等蒸槐花面的时间是那么长，其实不长，只是对于饥饿不堪的我来说，那分秒都觉得长而刻骨铭心。我趁母亲转身，捏一把生的槐花面吃了。这饭香，使我在极度的饥饿里实在忍不住，我去揭锅盖，母亲说，还没有熟，再等一会。我哪能再等，再等我会饿死的。我顾不得会招来母亲的打手和蒸锅的烫手，竟然掀起锅盖，抓一把槐花面，捧在手里，吹几口便把它饿狼般的吃了。母亲没有打我的手，倒是蒸气和槐花面把我的手烫得揪心般疼。在这极其饥饿和惧怕下抢吃的槐花面，尽管是瞬间进了肚子，但它那极致的香，却永久留在了我口里，也香透了我的胃。

母亲知道我有多饿，她掉泪了。她把快蒸熟的槐花面先给我盛了半碗，我两三口就把它吃了。不一会儿槐花面蒸熟了，母亲给我盛了一大碗，让我慢慢吃。这一个冬天，我都未曾吃到过这样香这样饱的饭了。饥饿使我忘了坐下来一口口吃，我站在灶台旁，竟然不顾干爽的槐花面咽得喉咙生疼，几下子就吃完了。母亲说，快去学校，好好读书吧。我读书的第一天，是吃饱了槐花面进学校的。我对槐花充满了感激，也对人生充满了美好幻想。这碗母亲做的槐花面，那香美，至今还留在我口里。每当我看到槐树和槐花，总溢出一腔口水。

我曾经有一副钩有槐花瓣的衬领。那时候军人衣领是中山装高领，时兴戴钩针钩的白线衬领。我把军装领回家，就收到香香送给我的一副衬领。衬领是精致雪白的线钩的，一条条槐花瓣连成的衬领，如同槐花辫，共有十排槐花辫。她说，十辫槐花，十全十美。她还说，槐，也是怀想吧，别把我忘了。

香香是我村的小姑娘，长得像玫瑰花一样鲜艳和大方。我们好上不久就约会，在村外大槐树下。那个暖阳的中午，又在村外槐花树下见面。这里有几棵魁梧的槐花树，坐在背朝村庄的树下，不容易被人看到。

槐花开得正浓烈，花香扑鼻而来，香香像蝴蝶扑过来，我的心快飞出了胸腔。她塞给我一把槐花，她说今年的槐花真香也真甜啊。我闻她手里的槐花，她闻我手里的槐花，花香让心颤抖，花香散着蜜甜，这是母亲那槐花面的香甜味。她说，吃了吧。我们吃起了槐花。我们边吃槐花，边聊心里话。我们聊了未来，她说我聪明，应当努力奔前程。我说，那只有去当兵。她说我去部队，她会等我。

那次的槐下约会，嘴里满是甜香，心里也满是甜蜜。不久，我穿着槐花瓣衬领的军装，真的去宁夏贺兰山深处当兵了。在荒凉的军营，我想念香香，怀念与香香槐下的私语，想念家乡的槐树与槐花，更想念母亲的槐花面。

大山没有槐，没有花香，没有姑娘，香香不会写信，我们无法联系，只有香香那槐花瓣的衬领，抚慰着我被风沙灼伤的脖子。衬领是我的精神寄托，也是我的珍爱，我把这槐花瓣的衬领精心爱护，生怕它脏了或破损。这槐花瓣衬领，香香织得结实，我用得仔细，陪了我三件军装，也陪我度过了三年的艰苦岁月。第四年春天，我穿着那虽旧但完好的槐花瓣衬领军装回家，一路上都在想香香的甜香和村外那满枝槐花的槐树。离家越来越近了，看到村里的大槐树了，想到香香会在那大槐树下等我，心里顿时涌起难以描述的甜蜜。

香香约我到了村外槐树下。几年不见，这几棵槐更高大了，槐花也比三年前开得繁盛，花香也比三年前更浓。我等香香送我槐花，可香香两手空空。她说她嫁人了。我知道了为什么。我竟然没有捏住采在手里的槐花，手里的槐花，洒了一地。她仰望槐梢，眼泪洒在了散落在地上的槐花上。

我再不敢走近那棵槐，再没有走近过。我远远地望着村外的槐树，回想在那槐树下发生的很甜的事情。我不敢走近那槐树，是因为我怕它的花香太浓，会让我控制不住埋藏在心底的泪水。

匆匆结束了探家，回到银川的那个中午，灿烂阳光里飘着雪片，也飘满槐花香。素洁的槐花被寒风吹落到地上，成了雪水与花，成了雪美的景观，但很快被车和人碾踩，被肮脏泥水淹没。这是一次情感受伤的回家经历，让我感到这个世界失去了色彩。我身心疲惫地赶车，而开往深山军营的班车已走远了。踩着满街槐花和泥水寻找旅店，旅店客满，举目无亲，投靠无门，饥肠辘辘，只有一腔失去恋人的忧伤在心中翻腾，一番无助、寒冷、孤独、失落的伤痛与伤感涌上心头。终于在槐枝浓密的街头找到客房，我一头倒到床上无力起来，深夜醒来，枕上是大片冰冷的泪痕，但寒冷房间里飘荡着暖心的槐花香气。

槐花香，使我没了睡意。我望着窗外寒风里摇曳的槐树和清冷的月光，望着这陌生的城市，感到心被什么掏空，远方没了路，行走没了目标。而这槐树葱郁的大街其实是美丽的，灯火辉煌的高楼里走出的人是令我羡慕的，那被槐树拥抱的报社简直是文字和文人的仙境。窗外的一切，忽然使我产生不想回老家、想留在这个城市生活的念头。但我即刻把这念头抹掉，这样的城市，怎会接纳一个山里的兵呢，我责怪自己痴心妄想。

槐对土地的坚守与坚韧，给了我许多启发。几年后我住进了这个长满槐的城市，住进了那个灯火辉煌的楼里。当然我得感谢这个城市槐和槐花的诱惑，感恩这个城市里喜欢我的人。是那几个贵人，把我从大山引领到了这个有槐的城市。后来我居然在这个城市有了房子，竟然住到了槐树婆娑的宁夏日报社旁的永康巷。这里长着旺槐，走在槐的街上，去日报社送稿，春天槐花芬芳，夏秋槐树遮阳槐叶吟唱，冬天雪挂槐枝是盛景。

令我留恋的不仅仅是这些。那时，常常站在日报社大门外报栏前看当天或前日的报纸。报栏上蔓延的槐枝，形成一片荫，在这诗意的境地，看我刊登在报上的文章，心头涌动着激动和兴奋。我在这张日报上刊登过不少文章，她和这个城市的报刊电台给我人生走向高远搭了金贵的梯子。在离开宁夏的二十多年里，我时常想念银川街头的槐和那沁心的槐花香。这个城市的槐，给了我感恩的情怀、生活的感动、美妙的遐想，也给我留下了对槐树的深刻怀念。

　　故乡的槐和银川的槐与槐花都香美，给我留下了太多的思念与留恋。好在槐是一种四海为家的树，在北京的街头和家门口有，在南方的水乡有，在雪域高原也有，每当思念母亲、想念家乡的时候，眼前总有槐。因而时常感想槐的恩典。槐给人太多的美好，它如华夏子孙一样，只要有土地的地方，都能够安家扎根。这沈丘的槐园，纵然有无数千年古槐，纵然有多样品种，在我看来，她那卓越的风姿和散发母亲乳汁的花香，与家乡的槐是那样相似。天下的槐，原来都同根。

　　见到槐，总感觉见到了故乡。

古茶情思

　　古树太老了，已有几千岁。它身壮如牛，参天蔽日，而近乎干枯的身躯却奇妙地长出新的树，新树枯了又从树身长出了新树，新树长到了云层。古树虽老态龙钟，老得数不清年轮，但看上去又那么年轻，因它枝繁叶茂，仍吐新绿。云南澜沧县景迈乡千年古茶园，使人怀古情感油然而生。

　　一群万里迢迢来的老人拜会它，在古茶树下长跪不起。他们长久仰望古茶，鞠躬、磕头，口里念念有词。他们说的是祭神祭祖的虔诚感恩之词。这些老人的举动，让驻足茶园的年轻人，也进入神圣的情感氛围中。众人转过神来，才感到这园子和古茶的不同寻常。这是不同寻常的古树之神，在它面前，心中升腾神圣的庄严和深切的敬畏，以朝圣般的敬畏和祭神般的庄严行跪拜礼，是自然的事。

　　这满园古茶，会让人产生无限联想。那些跪拜的老人，分明是有了深刻联想的人，也是深怀感恩的人。他们要对这些历经沧桑的圣物，表达人的敬仰，人的感恩。这些古老的树，如同百岁老人，从久远的岁月里诞生，从小苗长成小茶树，从小茶树长成参天大树，在数千年酷暑严寒里走来，历经了多少困苦，才葆得一春一开花，一花一季香啊。

　　谁也数不出古茶的年轮，那就看树皮吧。从它那如顽石般坚硬的厚衣，也是盔甲的裂沟里，似乎能察觉几分它年龄的奥秘。这些跪拜的老人，一定是些看懂古树的人，不然怎么会双膝下跪，还眼含泪水？

　　古茶吐着芬芳的花，抽着娇嫩的叶。花和叶的清香，飘荡在绿色的春风里，沁人心脾。老人虽是在跪拜树神，但更多的情感是为感恩。

　　他们祖先喝过这古树上的茶，因而他们的祖祖辈辈喜欢上了这树上的茶。他们喝这树上的茶消食解渴，喝这个树上的茶醒脑明目。他们至今在喝它，他们的子孙也深深喜欢上了它。他们明白，他们血液里有这古茶的养分，他们的肠胃离不开这古茶的滋润。他们感恩它的赐予，也感恩它的美妙。

　　这古茶是有魂的，它给人带来了身心的愉悦、体魄的健康。世上有多少人与它结下了不解之缘，世上有多少人每天寻觅它？那漫漫的茶马古道，是怎么形成的？是因为有这古茶的清香。古茶的清香，飘遍了云南，飘遍了华夏大地，还飘到了世界每个角落。

　　不管是什么肤色的人，不管是做什么的人，不管是帝王将相，还是平民百姓，无不喜爱它的清香，无不喜爱它的柔情。于是，古树上的茶，被精心采摘，装上精美的盒子，贴上华美的标签，走上茶马古道，源源不断运到遥远的地方。

　　站在这浩大的古茶园，会看到赶着马车的商人，在园外苦苦等候茶叶下树，在苦苦等候装茶后远行的马帮；会听到茶马古道上那成群结队的马队，驮着古树的茶，去缅甸，去越南，去京城，去欧洲的马铃声；会在脑海里闪现一辆又一辆装着古茶的马车，急匆匆地在茶马古道上赶路的画面。古茶，不仅滋润了一方，也滋润了整个世界；它的芬芳与柔情，已永久留在人们心头。品过它的人，都觉得芳香留心，脾胃温暖。它不只是一种饮品，而且成了一种文化。渗在人们血液里的是茶魂，而留在人们记忆和血液里的却是文化。千百年来，它奇妙无穷的香美与柔情，让人变得儒雅，让人变得细腻，让人变得豁达，也扩大了人们生命的年轮。

　　古茶树养活了一代又一代在这块土地上生活的人们。古茶仍在发新枝，它对人而言是古树，却不像古稀老人那样风烛残年，它仍蓬勃旺盛。它还会生长很多年，还会创造诸如茶马古道等影响世界的神话，还会创造出更为悠长的奇妙文化，也会被这一方人和世上的人长久地敬仰。

芦笙舞之夜

澜沧江的碧波与白浪激起了我的一腔诗情，真想今夜就守望在这江边，让这滔滔江水，把我的诗情再掀得比这波涛还要高，让我的情感来一次彻骨的燃烧，也好使我写下这澜沧江之美。这是澜沧江的奇美与拉祜族人的雄壮故事，让我激动不已的缘由。澜沧江水恰是一曲高昂的弹奏，落入这美好故事的心的江河里，很容易让人陶醉。澜沧人看懂了迷恋这壮美江水的眼神，车子沿着江河走啊走，让我尽情陶醉在江河的诗情中。可是澜沧江不留客，再走也没有路，车子一转弯开到了白云环绕而苍翠神秘的景迈山上。

山上会有什么呢？山头望着澜沧江，山上有个仙境的住所。山上可以看到江，还有一个彩云漫步楼阁的布朗公主山庄。山庄门口，早有几位美丽的姑娘和英俊的小伙在等候这辆车子到来。他们是一群浓妆淡抹的精灵。他们是澜沧拉祜自治县歌舞团的演员，是与远方来的作家联欢的。我们今夜要入住这里吗？今夜的诗兴必定会如潮水般汹涌澎湃，也许还有美妙的歌声在等待远方的客人呢。院落里架起的篝火木等待被点燃，方桌摆上了美酒，看来今夜在这山庄会发生意想不到的欢乐故事。

夕阳还恋在山头，星星和月亮就来了。篝火点燃，几盘小菜上桌，晚餐开始，随着拉祜族姑娘小伙酒杯端起，歌儿唱起来了。夕阳变成了熊熊燃烧的篝火，篝火映天红。

夕阳回家了，抬头可吻着星星、亲着月亮。篝火染红了山庄，也染红了每个人的脸。拉祜族小伙的芦笙和三弦、吉他响起，拉祜族姑娘唱着歌儿、端着酒杯朝我们走来了，今夜意想不到的欢乐真的开始了，是芦笙舞之夜。

拉祜族姑娘的脸蛋白里泛红。近在身边的她们，让我看了个清楚，蛋白一样的脸颊，纯净得像澜沧江的水，白得像澜沧江的浪花，篝火的火红给她们涂上了油彩，真是这仙境山庄的仙女。她们有甜美的笑容，还有银铃般的嗓子，更有对客人真诚的热情，我被她们点燃了情绪的火焰，喝下了她们一杯又一杯热腾腾的米酒。

歌不停，酒不断，活泼大方的拉祜族姑娘劝客人喝了碰杯酒，还要喝"交杯酒""抱抱酒"。当然这也是拉祜族学来的兄弟民族的礼仪。交杯酒，不交杯，是双方交叉胳膊喝酒。交叉胳膊喝酒，是酒杯绕到了对方的身后，对方看不见，是否可以不喝？姑娘喝了，我没喝。聪明的拉祜姑娘早就知道我会偷猾，甜甜地说，交杯酒要喝干！我不敢偷猾，只好饮尽。可每个拉祜族姑娘都要给客人敬喝交杯酒，她们是些纯美可爱的姑娘，喝了一杯，就不能不喝第二杯，谁好意思冷落其他姑娘呢。十多个姑娘接连而上，大方地一定要同你喝交杯酒。

米酒与我的诗情在心里翻腾和燃烧。跳吧，拉祜族姑娘拉着我们围着篝火跳舞。我们哪儿会跳舞，仅是跟着拉祜族姑娘蹦跳摆摇而已。拉祜族小伙的三弦、吉他和芦笙，弹奏得清亮而优美，那是节奏明快的"快乐拉祜"——"吉祥的日子我们走到一起，共同把心中歌儿唱起来，蜜样的幸福生活滋润着我，拉祜人纵情歌唱，欢乐的日子我们走到一起，举杯把祝福歌儿唱起来，祝福你幸福吉祥天天快乐，拉祜人纵情歌唱。拉祜拉祜拉祜哟，快乐拉祜人，拉起手来围起圈心儿贴着心，拉祜拉祜拉祜哟，快乐拉祜人，幸福吉祥吉祥幸福快乐到永远，幸福吉祥吉祥幸福快乐到永远……"

拉祜族姑娘像轻巧的燕子，舞得那么优雅，还那么激情。她们把优雅和激情传递给了我，使我的细胞活跃，让我的心儿荡漾。

　　跳累了，一位绝美的拉祜族姑娘娜妹请我唱拉祜族歌。我跟着她唱，"阿哥阿妹的情意长，好像那流水日夜响，流水也会有时尽，阿哥永远在我身旁……"这激情柔美的歌曲，原来是拉祜族歌曲。曲唱一半，我被这优美的旋律感动得控制不住了泪水，这是因为脑海里闪现着电影《芦笙恋歌》的情节。谁唱这首热烈奔放和委婉悠扬的歌，谁的心灵会受到震荡，这是火焰般爱情的美好和向美好生活招手的力量。这首优美的歌，催生过多少寻常的爱情，催下过多少男女晶莹的泪水，催生了多少人憧憬美好生活的情愫，难以说得清楚，而它动人心弦的旋律，却被一代代人珍藏在了心灵深处。

　　拉祜族人让人掉泪的歌，不仅仅是这"婚誓"的旋律，还有"实在舍不得"："我会唱的调子，像沙粒一样多，就是没有离别的歌。我想说的话，像茶叶满山坡，就是不把离别说。最怕么就是要分开，要多难过有多难过。舍不得哟舍不得，我实在舍不得。你没看那风景像山花一样多，还有多少思念的河。你留下那情像火塘燃烧着，还有好多酒没喝。"

　　这歌，真是一首让人掉泪的歌。想起了有人与它的情感碰撞，许多人哭了，在大庭广众面前。那是现场直播的央视演播台上，拉祜族姑娘小伙弹着吉他演唱"实在舍不得"，演唱未完，美丽的主持人哭成了泪人，台下的嘉宾也泪水涟涟。

　　有一天，我的朋友一家在屏幕前偶然听到了这首歌。这是几位拉祜族姑娘小伙在演唱，是这曲词的穿透力，也是他们朴实无华的演唱，让他有一种久违的感觉忽然袭来，一时竟然感慨万千，泪水纵横。他为了掩饰在家人面前的失态，只好用手指压着眼角，尽力制止眼角液体的流落。他说，似乎很丢人，这么大年岁了，惊讶自己居然会为一首歌曲而感动掉泪；不经意的一次倾听，猝不及防的感动，莫名的脆弱和心酸，它触动的是我们注定的离别，谁也躲避不过的离别。

　　今晚的篝火映红了景迈山。篝火的柴，添了一堆又一堆，拉祜族姑娘小伙没有睡意，歌还要继续唱下去，舞还要跳下去。芦笙、三弦和吉他的吹奏，在山谷回荡，乐声和歌声太优美了，引来了好奇的蝴蝶，也让困乏的鸟儿在树枝上翩翩起舞。姑娘小伙又唱起了"快乐拉祜""真心爱你""新年快乐"，唱得更加动情而陶醉。这几首歌是他们引以为豪的歌，是由他们拉祜族美丽歌手李娜倮创作并演唱红遍全国的。李娜倮的歌优美而令人动情。她以她的歌，把拉祜族迷人的文化，传播到了四方。这静夜里悠扬的芦笙和欢快的三弦、吉他声，这乐声里百灵鸟一样此起彼伏的歌唱，这乐声和歌声中欢快多姿的舞蹈，还有那拉祜族姑娘小伙脸上真诚和灿烂的笑……所有这些，都让我感动不已。

夜已很深，笙还在吹，歌还在唱，今夜拉祜族姑娘小伙不睡。拉祜族人歌舞太迷人，我想知道拉祜族人太多的谜。兴奋的娜妹跟我聊起了拉祜族来。我知道了拉祜族更为迷人的一面。那是雄壮的迁徙史。几千年前他们的祖先，有位哥哥带着他的弟弟妹妹们从甘肃、青海漫漫跋涉，走了三年多，又走了三年多，来到这儿种红土地。

哥哥走不动了，射了三支箭，以箭落下的地方，让弟弟们分别扎寨安家。一支箭落在了这澜沧江旁，一支箭落在了临沧，一支箭落在了缅甸。弟兄三个分别落在了三个地方。娜妹很自豪，她的祖先落在了这多情的澜沧江旁。更让我好奇的是，拉祜族人还谱写了他们的创世史。创世史很长，长得像澜沧江一样。仅有几十万人的拉祜族，创造了辉煌的文化和壮烈的民族史诗，实在让人惊叹。这是今夜涌入我心灵并让我更为激动的地方。

黎明来临，篝火还在燃烧，吹芦笙和弹三弦、吉他的拉祜族小伙还不累，跳舞歌唱的拉祜族姑娘还不累，他们吹弹唱跳到了晨阳露出山。唱起歌跳起舞的拉祜族人，永远不累。

这夜的芦笙歌舞，把我牵到了拉祜族人的身边，让我此后长久地想念那些动人心弦的歌，也想念送给我们美妙之夜的那些拉祜族姑娘小伙。

温情的傍晚

独自坐在黄昏的红河州金平山上。在夕阳红里，一个千里而来的行者，欣赏这座山谷里的边陲小城，有种强烈的东西，从情感深处蹿跃上来，似被拉到了美幻的童话世界，似被葡萄美酒激起了感官的兴奋，似被爱情的红唇吻到了脸上。这样的美景与美妙时刻，内心是诗意的，情感深处的惆怅、孤独、思念、渴望，随着夕阳越来越浓、夜色渐渐寥落，越发加重了。这是劳累了一天，小城给我的沉思。

这种浓烈的情感，何止是玫瑰色的夕阳美景的缘故，更在于那些热情的傣族、哈尼族少男少女们，他们那亲人般的热情，那浓情的米酒，加剧了我情绪的升腾。他们是从山下这座漂亮的寄宿制学校毕业的，这是大山里和这座小城最美的建筑，他们以在这里读书而自豪。喝下一杯杯甜香的米酒后，我"逃脱"他们的"碰杯"，去享受山上这小城绝美的傍晚。好在他们炽热而友好，他们不愿打扰我这陶醉的时刻。我静静地坐在一棵三角梅下，品尝胜景，回味浓情，也想远方的人。这个感觉走得很远很深，也不嫌夜晚的到来，这样情感醇厚的夜晚，这想象与渴望，在孤独与思念中度过，也是相当美妙的。

在大都市，喧嚣的昼夜，似乎没有地方让人静寂，也很少被什么热情点燃激动。小城太静了，静得让人的激动也显得比都市里深远。眼前是一条河，河边是一座山，山那边是异国。小城的美丽和人们的富足，超过了异国，好像那边的山和星星，也用羡慕的目光，望着这边呢。月亮升起来了，在暗蓝得深邃的天空，小城的月亮像挂上去的水晶，纯情得楚楚动人。而更为动人的，是几个姑娘在月色里围住了我，拉着我，生怕我跑了似的，她们是傣族和哈尼族妹子，想请我去洗月光温泉浴。早就听说过这个地方的勐拉温泉，那是边陲上的一盆天赐之池，终年热气腾腾。在那里，姑娘们唱着山歌，歌词好像是现编现唱："……北京来的哥哥，你为山乡辛苦了，为我们做了那么多事情，让我们过上甜美的日子，喝杯米酒解解困呀，泡个温泉解解困呀，妹妹为你沏杯茶吧，把你的心儿留下……"

他们在用浓烈而真挚的歌声，感谢北京的哥哥姐姐、叔叔阿姨，给他们建最好的学校，修最宽阔的道路，盖最好的医院，谋最好的生活，帮他们过上最好的日子……在这边境小城，的确有最好的学校，通达的道路，最好的医疗，富起来的乡村，前所未有的幸福生活……月光下的温泉，温泉里的笑语，灿若仙子的阿妹们，把小城的温情，自然而然、淋漓尽致地表达了出来，弥漫到溢彩的月夜里。让我深为感动的是，人们为这里的人做些事，这里的人总是记得那么牢。这是一个懂得感恩的地方。

竹林里的情哥

在凤尾竹拥抱的傣家村落，有段傣家人的爱情故事，引人神往。

这是万老五和他妻子在凤尾竹林演绎的浪漫故事。尽管他和妻子已年过五十，可他们仍是全村公认的情哥和情妹。万老五年少时追他妻子情妹，每晚给她唱情歌唱到月亮困极了还不罢休，她跟他对歌对得树上知了睡了仍不罢休。在那月色融融的晚上，美妙的竹楼，多情的凤尾竹林，给两个傣家小仆冒(少年)和小仆少(少女)增添了无穷的情思和激动。这情爱的表达与情感的追逐，通过对歌这种深情而热烈的方式诉说，恰是那坦诚之极、纯情之极的公开情书，迷倒了村里村外傣家年轻人。

傣家少年追求傣家少女的过程，是智商、情商、歌喉、才情展示的过程，谁有高的智商，谁有过人的情商，谁有美的歌喉，谁有艺术的才情，谁就能追到最美丽的姑娘。万老五在那个年龄的一群小仆冒中，以他过人的歌喉与才情，还有他的多情和深情，博得美若天仙情妹的芳心，她毫不犹豫地嫁给了他。当然他追到这美若天仙情妹的过程，并不简单。那每晚数首不会重复的情歌，那每晚大头蚊子的轮番追咬，还有那可恶马蜂的蜇咬，还有那歌词几乎山穷水尽时的紧张和羞愧，还有那竹林里跟他腿脚作对的山石和沟坎，还有姑娘那一会儿欢笑一会儿埋怨的折磨。追她时喜悦中的失落，渴望中的等待，情爱中的忧虑，雨夜里的煎熬，那把情妹追到、娶回家的过程，是历尽艰辛的。

正因为万老五经历了对歌的艰苦历练，他成了村里的歌王。虽然他和情妹有生动的爱情故事，但他和情妹都不善表达，且年过五十也还面露羞涩。他拿起磨得油亮的吉他说，故事都在歌里，给你们弹奏几首曲吧。吉他响起，他的歌便飘了起来。优美的歌，深情的弹唱，好似奔放的情箭，"嗖——嗖——嗖——"直穿人心房；这诚挚、浓情的吟唱，像清亮的清泉和甜美的米酒，让人敞亮和陶醉。我心潮澎湃，想起一位词人在芒市坝子听到傣族姑娘的歌唱后，他也是心潮澎湃，即兴创作出了《月光下的凤尾竹》的词，后经施光南先生作曲，成了经典的傣族情歌。"——月光下面的凤尾竹哟，轻柔美丽像绿色的雾。竹楼里的好姑娘，光彩夺目像夜明珠……"

这醉人的傣族情歌，这生情的凤尾竹，让多情的万老五和他的阿妹爱情火焰灿烂燃烧。然而，万老五并不只是简单会唱情歌的歌手，他还是个作词作曲家。他创作了"相信远方的姑娘""盼你回来""相遇""清清河水""飞舞的小鸟"等委婉动听的歌曲，且这些歌词，像火、像风、像雨、像雷电、像溪流、像茶花、像飞吻，温暖和穿透了姑娘的心。与他竞争情妹的小仆冒，败在他的面前，他把情妹这朵美丽的鲜花捧回了家。从小本来就能歌善舞的万老五，恋爱对歌成全了他这个情歌王子，他创作的傣族情歌有数百首，还出了个人专辑《傣家人》。在这偏僻的山寨，有几个人能够出版自己的演唱专辑？万老五着实让人起敬。

凤尾竹在陪我们听这优美的弹唱，可是昔日竹楼已变成蓝白相间的别墅。这是云南财政人蹲点改造新农村的村子，他们把竹楼改造成了幢幢别墅，全村傣家人都住上了气派精美的别墅。在这别墅的庭院里，情歌也是别有情感的，它少了忧虑与困惑，洋溢着幸福与甜蜜，万老五与他情妹显然多了生活优越带给他们的喜悦。让生活富裕的是那别墅外的橡胶林、香蕉园，它们是摇钱树。这些摇钱树也跟财政干部帮扶有直接关系。万老五弟兄五个，都从竹楼搬到了每家一套的别墅。他说，这是他们父辈以上的人，从来没有想过的。

　　在这边关的村落，竹楼几乎都变成了别墅，而不变的是多情的凤尾竹，不变的是傣家人多情的内心。傣家人的喜气，早已在村里荡漾。

　　凤尾竹多情，万老五就是凤尾竹下的情哥。

人在西阳里

　　我们一老一小，坐在湖旁享受着西阳的温暖。在这寒冬渐临的秋日下午，还有什么比坐在这暖暖的阳光下更让人愉悦的事呢？

　　西阳和煦，还有两竿子高呢。我以为这下午还有很长的时光，但爷爷催促我，赶紧回家，免得到家就天黑了。是的，中午离家时奶奶交代我们，必须在太阳落山前回来，饭是按那个点做的，不然就放凉了。虽然我们还要赶着羊回家，但回家用不了一小时，太阳怎么会这么快落山呢？我觉得爷爷说得有点邪乎。我不想走，爷爷说，太阳斜到了一竿子高，离落山就很快了，而且会落得越来越快的，赶紧走吧。我不走，我不相信太阳会落得这么快，我想证明爷爷的说法到底是对还是不对。爷爷又坐了下来，我们一同看太阳向下沉落的样子。

　　我们小孩子，只知道一天的日子很长，太阳老在天上，盼到吃晚饭的时光很漫长，而如此仔细观察落日的速度，是第一次。的确，正如爷爷说的，西阳偏到一竿子高的时候，沉落的速度明显快了，像是有人推似的。快半竿子高的时候，就越来越快了，快到让我惊奇的程度。我的一个苹果刚吃到一半，太阳就快沉到山顶了，而吃完这个大苹果，太阳就落到了山上。一眨眼的工夫，沉下了一半，再一眨眼，太阳完全沉落了，只剩下它的火红的尾巴，而且这火红的尾巴也转眼间消失了，傍晚的天幕降临了。

　　一路上，我问爷爷，落山的太阳，是不是它的肚子也像人一样饿极了，跑似的要回家？爷爷说，一天的太阳，从东海出门，到落入西山，快慢是一样的，只是从东升到落山，天路长，你很难看出来它紧跑快跑的速度，落山时像盏没油的灯似的，渐渐暗淡，所以它的沉落就容易让人觉得很快。这让我明白了，太阳每时每秒都在奔跑，只是人对早晨的太阳和傍晚的太阳奔跑的速度，有错觉罢了。

爷爷问我，你喜欢早晨的太阳还是傍晚的太阳？我说，我喜欢早晨的太阳，因为看到早晨的太阳，天就不黑了；不喜欢傍晚的太阳，太阳落山，天就黑了，我害怕晚上。爷爷说，我也喜欢早晨的太阳，看到早上的太阳，人有精神；我也不喜欢傍晚的太阳，太阳到傍晚，一天就结束了，人就少活一天了……你这个年纪多好啊，正是日升的时候，会看到几十年的日落的，你爷爷就像这傍晚的西阳，"落山"一时比一时快了。爷爷说得淡然，但他的话却让我想了很久。

爷爷近70，我10岁，我认为爷爷会活到100多岁的，但他只活了74岁。爷爷的去世与我们爷俩一起看落日，似乎是昨天的事，生命真是像沉落的西阳一样，在飞快地走向消失啊！在他去世时，我想起那次与他看日落后的伤感，才明白那时的爷爷把飞快沉落的西阳比作自己今后余下的生命了，落日勾起了他对生命匆匆的失落，他那时的内心是多么伤感啊！

这种伤感，随着年龄的增大，越来越浓厚了。在30岁时，惊叹自己，怎么没活明白呢，年龄竟然这么大了；进入40岁时，惊叹自己，怎么活得这么快呢！然后，40岁后的每一个生日，都会有长长的感叹，啊！快奔50了，而且奔50，真如落山的西阳似的，快如奔跑……这就是生命。生命就是飞快奔跑沉落的西阳。

人在年轻时感受不到时间的飞快，因为你的时间还有很多；到年老的时候感到时间在飞奔，是因为剩下的时间不多了。人的大部分时光，其实都活在飞奔的西阳里。这就是"沙漏"的道理吧，一桶沙子，越漏越快，漏到越来越少的时候，就漏得更快了。

所以，少年时要做的事，不要留在青年时候；青年时候要做的事，不要留在中年时候；中年时候要做的事，不要留在老年时候。否则，就没有多少时间去做了。

要彻底明白这个道理，不妨去看那沉落的西阳。

黄昏的"美餐"

在这酷暑难耐的季节，在这景色如画的山坳，一拨接一拨开着高级小车的都市人，长途跋涉拥到这里来享受清凉，也为了享受这里特有的一种美味大餐——烤全羊。这里的天然林区，别无二地，这里的活宰羊烤肉，堪称一绝。由于有清凉和大餐的诱惑，人们对赶到这个地方的急切，有种饥不可忍的迫切和躁动。

果然，车子一进坳，就有清爽的凉风扑面而来，就有浓香的烤肉味扑鼻而来。肉香让人越发饥饿，凉爽让人情绪激昂。烤肉场上，等待吃烤肉的食客围满了烤炉；上羊圈"自助式"牵羊的食客围满了羊圈，人很拥挤，似乎还出现了相互争抢、打架的食客；牵羊下坡的食客，个个撕拉着羊，跟羊较量着。这是肉香的诱惑和肚肠的饥饿造成的。在这样的气氛下，眼看天色又近傍晚，聪明的食客意识到，抢订一只烤羊，不仅是肚子的需要，更是今晚到山坳来享受的幸福所在。他们扔下物品，顾不得洗手，也放弃了原本洗澡爽身的想法，直奔烤肉场了。

我和朋友是将近日落时到坳上的，正是烤肉场香气飘荡、人呼羊吼最热闹的时候。抓羊、杀羊、烤羊、吃肉，我朋友看此情形，也顾不上去冲洗身上的臭汗，直奔了烤肉场。烤肉场有十多个烤炉，木炭火炉在鼓风机的吼叫声中吐着火焰，火焰上面吊的是刚被宰的整羊，羊的断头处仍在流血。羊血滴在火上，顿时化成一股股强烈的火焰，火焰扑在肉上，羊肉被烧烤得哧哧作响，随之冒出浓浓的肉香来，让食客无不兴奋和冲动。

人多肉少，屠夫们忙不过来。精明的屠夫们说，谁要想尽快吃上烤羊肉，就自己去选羊吧；谁先选到羊，我先给谁宰烤。

食客说，这好像是个新鲜无比的创意。屠夫说，选羊，不单是看好了哪只羊就完事，还要进羊圈把羊牵出来，从坡下牵拉到烤肉场。实际上不是屠夫说的这么简单。牵羊不同于牵狗，狗会顺从于人。惹急了的羊，很倔，牵拉不那么容易。这本来是屠夫的活，由于食客多，屠夫少，屠夫的这一花招，正应了这些城里人、有钱人的好奇。这好奇心在于，他们在都市里周而复始吃的是现成的肉，从来没有见过宰羊，也从来没有谁给过他们想吃哪只羊、就选宰哪只羊的权利。虽然是被屠夫"抓差"、利用，食客们却非常乐意干这又脏又累的苦差事。从羊圈到屠宰场这段路，是从坡下到坡上。要把一只羊从坡下牵拉到坡上的屠场，没有相当的体力是不行的。这明明是件苦活，没想到大多食客对此活格外兴奋。屠夫的话一撂，食客们像一群饿狼，奔向羊圈，扑向羊群。我的朋友也很兴奋，拉我奔羊圈抓羊，我拉住了他。

羊在家畜中尽管是老实、乖顺的，但它并不是傻子，屠夫们那勾魂的魔爪，屠场传来的羊的惨叫声，风中飘过来的血腥和浓烈的烤羊肉味，强烈地刺激着羊。它们完全知道扑向它们的这群细皮嫩肉的人，不是给它们喂青草的人，是来吃它们肉的屠夫和恶狼。当食客们盯上了哪只羊，那只羊立刻就慌了。此时，几十个食客盯住了一圈羊，满圈的羊顿时呈鸡飞狗跳状了，它们都看到了食客们那可怕的目光。食客扑向羊，羊拼命躲逃。但羊毕竟是羊，人毕竟是人，被圈起来的羊，被惊吓过度的羊，在这数十米的圈内能跑到哪里，哪能躲得了这群贪婪的食客！羊被食客追了几圈后，体力明显下降，它们终于被人抓住了。它们被人牵着角、拉着腿，拉出了羊圈。

羊圈离屠场足有五百多米，这段湿滑坡路，要把一只愤怒的羊拉到坡上，显然对人不利，很要费点劲。食客们原以为能够很轻松地把一只羊牵拉到屠场，其实不然，他们都高看自己了，低估了羊的力量。此时，足有十多个食客在往坡上牵羊。与其说是人在牵羊，倒不如确切地说这是羊与人的较量。这被人牵拉着的羊，深知被人拉走一步，就离死亡近了一步，它们腿蹄绷直，拼死般蹬在泥土中，不肯向前走半步；恼怒的人，使出吃奶的劲，屁股撅起拼命拖羊。在这人与羊的较量中，一会儿羊把人拖倒了，人跪在了地上，一会儿人把羊拖倒了，羊成了泥羊……羊与人的"搏斗"，羊使出的劲是生与死式的全部力气；人是强盗式的，也使出了全身的力气。从羊圈到屠场的坡路上，"犁"出了一道很深的泥槽。这是羊、人拉锯式"搏斗"、厮杀，留下的一条条悲壮、凄惨的战痕。

在这深坳的傍晚，在这羊与人的较量中，大多数羊注定是弱者。它们无助，它们没有人狠毒，它们没有人强壮。如果哪个食客牵拉的是一只肥羊，那就不是羊的对手，羊就会从捕者手里轻易挣脱。如果是两三个人牵拉一只羊，羊的反抗就微不足道了。

有一个汉子，牵了一只公羊，这只公羊胆大有力，汉子使出了吃奶的力气牵拉，不但牵不动它，反而被羊牵着倒退了好远，引来看客一阵大笑。汉子大怒，摸起一块木板，向羊腿砍去。汉子出手太狠，公羊一声惨叫，一条腿被砍断了，羊血染红了羊毛，也喷在了汉子的脸上。公羊激愤到了极点，但它是只英雄般个性的羊，虽然断腿在流血，但它仍不屈服，很快爬起来，使足浑身力气逃跑。汉子逮住了它唯一的前腿，牵拉它，公羊挺直的后腿，像两根棍子，死死蹬在泥土中，有力而顽强地抵触汉子的拉扯，而且还把汉子拖后了好几步。这只雄壮的公羊，尽管断了一条腿，但仍是汉子的对手，它让汉子费尽了力气，把汉子弄得满身血泥，也让汉子丢了脸面。公羊有着宁死不从的劲头，它那个大而肥胖的身躯，让汉子既扛不动它，又拖不动它，搞得汉子满脸尴尬。这个僵局意味着，羊、人如再僵持会儿，公羊准会从汉子手里逃脱的。汉子意识到了后果的羞辱，想到会吃不到烤羊的滋味，便恶毒地用脚猛踢公羊的腿。汉子的猛脚下去，公羊的一条后腿被踏断了，接着他又踏断了另一只……断了三条腿的公羊，终于成了汉子的俘虏，只有眼看着汉子把它拖拉到坡上屠场，交给屠夫。屠夫锋利的刀子，顷刻间就把公羊的头割了下来，血喷射了很远，流出了半盆子。食客说，羊血大补，要吃血豆腐。羊血也被人当即抢订成菜肴了。接着，公羊被扒掉了羊皮，上了烤炉。我估计，从公羊被汉子断腿、又断腿、被俘，继而被屠夫宰杀、扒皮、上炉，大概用了十多分钟。公羊流出了很多眼泪，扔在一旁的公羊羊头上有厚厚的泪泥痕，且泪泥流湿了羊头的大片羊毛。羊眼大睁着，血红，一副愤怒的样子。当然，它只是今天堆在这里的几十只羊头之一。屠场上这堆如山的血淋淋的羊头，只只羊眼大睁，似乎在看着食客，让人恐慌。上炉的公羊已被烤得香飘四溢了。那只公羊，的确是只肥美的羊。汉子和他的家人，喜悦地在等待着烤炉上这美味晚餐。

食客仍在不断地牵羊，屠场不断地在流水作业般的杀羊，烤炉不停地在烤羊，排档的食客一拨又一拨在喜笑颜开地进行美餐。桌上全是烤羊，桌下是满地的羊骨。大吃大喝的肉香、酒气、臭味混在一起，屠场跟餐馆连在一起，羊的惨叫声与人的狂笑声合在一起，让人感到，人仿佛是在吞活羊。此时，我对这"现场"屠杀吃羊的行为，产生了反感，对吃这只英雄般公羊、更在牵羊中使出卑劣行径的汉子，产生了强烈的仇恨，甚至对他喜出望外等候美餐的家人，产生了仇视。我拉朋友离开了屠场和排档，我再看不下去这样的场景了。

朋友说，干吗走呢，来这里不就是吃这道"鲜"吗！我们去抓只羊吧！眼看到黄昏了，别人都在吃烤羊，我们吃什么？我说，不吃烤羊了，去吃别的吧。朋友说，这儿哪来"别的"，只有烤羊！我说，那就吃方便面吧。朋友尽管对我的选择很不乐意，他还是理解了我的内心。我们泡了方便面，打开啤酒，吃得很香。

晚上，睡在宾馆的床上，仍闻到了烤肉味和血腥气，一阵恶心。这是傍晚看屠羊场的惨状刺激所致的。腥味是从窗外飘进的，我赶紧把窗关紧，但却没了睡意，就回想屠羊、食羊的惨景，这使得我心情沉重起来。忽然，我对食肉的人，包括我自己在内产生了一种不满，对佛教徒和吃素的人产生了深深的敬意。人不吃肉该是非常善良的动物。而我们吃肉的人，一生要吃掉多少动物呀！不管所吃的动物是不是自己宰杀的，我们的嘴是相当不善的。吃肉，让我们变得残忍。我们为什么从小就有食肉的习惯？祖先为什么要教会我们吃肉？我们为什么非要吃肉不成？但又想，人不吃肉怎么行？肉是那么香美，肉能解饿，肉有营养，肉能大补，肉产生情欲。这就为吃动物找到了充分的理由，其实这个理由很霸道。在地球上，食素的动物毕竟是多数啊，不食肉的动物，是不是感到活得很亏？

我对猪、牛、羊有种特别的好感，它们的性情是那么的友善。尤其羊、牛，是多朴实、可爱的动物呀！我感到它们是我的朋友，天生的朋友，我热爱它们那善良的样子。人和羊，都是血肉之躯，天地造物，本是平等的，但由于人的霸道，造成了不平等。牛羊永远吃草、吃素，坚守不变，而人却从食素演变到了吃肉，吃其他动物。从这一点说，吃肉的人，在其他动物面前是丑陋的。但人吃动物，又是天定，这已是无法改变的现实。既然如此，我心想，人实在没有必要这样赤裸裸地吃羊。倘若羊是有罪的，羊该由人吃它；就算人必须吃羊，那也应该给羊起码的尊重吧？人不是有注射死吗，何必让无罪的羊，如此折磨受罪后，再被屠杀呢？人，什么时候对动物能有一份同情心、慈爱之心呢？

情人节的玫瑰

　　都市的情人节气氛越过越浓了，似乎成了连空气也在燃烧的节日。这一天，从清早到晚上，平日不大景气的花店，一时成了男士的热地。买玫瑰的，插玫瑰花篮的，订送玫瑰的，忙得老板一大捆一大捆地往店里搬玫瑰花。老板说，多亏有了一个情人节，才让我的花店不再亏损倒闭。

　　玫瑰是代表爱情的圣品，是高贵的代言物。女人对玫瑰有着特殊的认识，也有着特殊的感受。玫瑰在女人心中的地位，男人心里非常清楚。

　　一位年轻人以高出寻常价格的钱买了一株最艳的玫瑰，满脸灿烂地走了，很显然，他是与女朋友约会去了。这一朵最艳丽的玫瑰，肯定会让他女友高兴的，对此年轻人很兴奋。一位穿着旧衣的青年，挑选了一株最便宜的玫瑰，花朵有点瘦小，甚至有点寒碜，但他还是心满意足地买走了。也许他的情人是位并不看重花朵而重情谊的人呢，所以小伙子才敢给她送如此廉价的玫瑰。一位中年男士精心选择了几株上好的玫瑰，分别包上彩色绸纸，装到公文包里，开车上班去了。他要把玫瑰送给谁？从他那神秘的表情中，不难猜出花的收主。一位四十多岁的男士插了一个特大的玫瑰花篮，共有九百九十九朵玫瑰，他用小型卡车把它运走了，运到什么地方，要送给哪位女士，那位女士会有一种什么样的喜悦，不得而知。玫瑰让满街的女人眼睛一亮，留在那近千朵花上的，是诸多女士羡慕的眼神。一个又一个穿着校服的男孩也来买玫瑰了，他们挤在大人中间，同样精心挑选玫瑰，他们把买到的玫瑰做贼似的装到书包，或揣到衣服里飞快地跑了。他们送的人儿是谁，可想而知。还有许多让花店代他们送花的不同年龄的男士，有年轻的，有中年的，还有一大把年纪的，是他们因为忙没空给情人亲自送玫瑰，还是自己出面不方便？反正他们放心地选好了花，那花架上几十株、几十篮玫瑰会在夜晚之前按指定地址送到女士的手中。收花的女士又是些什么境况的人呢？她们会愉快地接受这美丽芬芳的花吗？这些代送品会达到令送花男士如意的心愿和目的吗？从选玫瑰的男士的神情中不难猜出，相信这每一株玫瑰都有着一种特殊的表达，这每一株玫瑰后面都有着心与心的故事。这就让玫瑰俏起来了，让花店火起来了。花店的老板从早到晚忙得手脚不停，雇用的数十名小工也像飞来飞去的蜜蜂不停地在满城送花，眼看太阳西下了，还有那么多人要买玫瑰，还有好多需要急送的玫瑰仍没有"出发"，现有的玫瑰眼看就要告罄，急得老板两眼冒火了。忙的就是钱啊，花店老板等待的就是情人节这一天呢。他说，忙死也兴奋。

　　兴奋的不光是花店老板，还有种玫瑰的花农。情人节的日子，花农们不停地往都市送玫瑰。他们必须在这一天把需要采摘的玫瑰送到都市，不然玫瑰会开过头失去鲜嫩和娇媚，失去商业价值。因而送到城市的玫瑰，大都是含苞和欲放之间的姿态，既有诗意的情调，更有妩媚的浪漫，有花的含蓄、花的热烈、花的娇美。虽然都是玫瑰，但神态多样，情形丰富，这是由于特意迎合了都市男人不同内心需求的。花农说，要种出这样开放与含苞"恰到好处"的玫瑰，得按天计算种植采摘的时间，更得精心呵护，不易啊！但花农说，好在现在引进了高科技种植方法，种玫瑰实现车间化生产，虽累但收益大呀！这一天卖的花钱，顶我过去人工种植时一年的收入。他们把一车又一车的玫瑰，不间歇地批发到都市的大小花店，才使这个偌大都市有了充足的玫瑰。

　　都市的情人节，买玫瑰的男士是兴奋而激动的。每个花店都涌入了形形色色的男士，他们冲着玫瑰而来，冲着今天的一次神圣的约会和心跳的表达而来，因而个个像款爷、绅士，只管买，不砍价，但心却很急，大多像要去赶火车、飞机似的焦急。尤其是闹市花店里买玫瑰的男人，如同约好了似的，一拨又一拨，大小男人几乎都没有耐心，个个着急得快要动手抢了。

热销的玫瑰像一股炽热的火焰，从花店飘向男士，又从男士飘向女士手中。据说京城仅一天就销售了几千万株玫瑰。全国有那么多大小都市，这巨大数量的玫瑰，成了承载无数男士对自己所青睐女士表达爱心、渴望、追求等等复杂而深奥的情感的媒介物。龙年京城的情人节，空气中不仅比往日多了一份香气、柔情，也使得拥有爱人的男士、女士多了一份忙碌、神秘、笑容和激动。你看看，当那男士把一株娇艳的玫瑰递向女士的时候，那女士接过火红玫瑰的瞬间，小小的玫瑰竟让两双发热的手颤抖了。女士如获珍宝一样接过玫瑰，玫瑰的艳丽映红了女士的脸颊，玫瑰的芬芳浸入了姑娘的心田：好浪漫、好真诚的一颗心啊！玫瑰点燃了情感的火焰，玫瑰的炽热和柔情打动了女士芳心，女士脸上不仅洋溢出满足的、幸福的笑，而且还情不自禁地投向了男士的怀抱。此时的男士如猎胜者一样得意、幸福、激动，在这玫瑰营造的美好气氛下，在这融融的娇月下，女士感到自己是这个世上最幸福的人，于是男士顺势拥抱起陶醉的人儿，消失在了玫瑰色的夜幕中。

情人之夜的玫瑰，一株微不足道的廉价之物，成了男人打开女人芳心的钥匙，成了传递爱意柔情的秘笺，成了连接心与心的桥梁，成了升温情感的暖流，成了射猎感情的利箭，也成了打开女士情感门窗的炮弹，平日里那烈火熔不化的心灵冰川，相隔万水千山的内心，都被这小小的玫瑰花"熔化"了、拉近了。男人感谢玫瑰，感谢情人节的玫瑰，它以这么小的付出，让男人和女人拉近了距离。

情人节的玫瑰，让男士们窃喜，让女士们满足。情人节的玫瑰，都市的一团烈火；同样的玫瑰，烧出的是不同的火焰。

世间最美的味

世间最美的味，是什么味？有人问这样一个问题，我不假思索地说，是肉香味，是花香味。他却说，不是肉香味，也不是花香味，而是人情味。

他的话让我一时产生怀疑，在我看来，花香是闻得着的味，肉香是闻得着和品得着的味，"人情味"既无色又无香，怎么与肉香味、花香味扯到一起了？

于是我琢磨起了"人情味"的味道。它是什么样的滋味？不往深想，它是热热的、甜甜的味道。往深想，它是比肉味还要诱人、比花香还要醉人的味道，有着比阳光还要灿烂的明亮，比大海还要深厚的宽阔；是比酒还要醇香、比火炉还要炽热的那种浓烈……要是再往深想，还能想出它很多种滋味来。

越是往深里想，越感到"人情味"这个词，变成了飞在身边的一群彩蝶，在我情感深处飞来飞去，牵着我回想那些给我笑脸、信任、关爱、帮助的亲人、朋友、同事、熟人和许许多多的陌生人。我每天的获得，平安、快乐、幸福，是他们透着"人情味"的善良和爱心给我带来的。

淡淡的人情味，像一束微光、一缕春风、一片薄荫的感觉吧！它往往出现在陌生人中，也许是一个微笑，一个手势，是一句"您好""谢谢"和"需要帮助吗"等诸类透着友善的话语。淡淡的人情味，也体现在某些环境、场合、物件、文字里，它是有爱心的人渗透在其中的，它是人与人、人与群体、人与社会之间连接的红线。它有可能让冰冷的内心感受到春天，让愤怒的眼睛变得平和，让举起的屠刀就地放下，让彻底的绝望产生希望，让将要擦肩而过的人握手成友，让成功和失败体现出感恩与关怀。

浓浓的人情味，似一片阳光，一盆炭火，是有很多人关爱你的那种感觉吧！它往往出现在亲人、朋友和同事中，也许是一个祝福，一个电话，一件衣裳，一碗热饭，是那素不相识的帮助和那无助时伸过来的双手？应当是。浓浓的人情味，不管是来自母亲、兄弟、朋友，还是有爱心人的那里，不管是来自一个人、一群人还是一个政府、一个国家，不管是直接的还是间接的，都会让人感到一颗颗热的心就在你身边。它会让那失落的心重回家园，让情感的伤口快速愈合，让寒冷的冬天不觉寒冷，让远方的征程不再遥远。

浓烈的人情味，似一时一刻的牵挂，一个人对另一个人快乐的分享和痛苦的分担，一次次不想分离的拥抱，一个人对另一个人心甘情愿的给予。浓烈的人情味，是浓浓的人情味的升华，用多么深刻、多么热情的文字描述也不过分。

体会过淡淡的人情味，是诸如当你到大机关和上司办公室，办事员和领导在你站了好半天后终于让你坐着说话的那种感觉；是诸如在你需要别人关心的时候，自己的孩子和同事、领导不情愿地给了你只是举手之劳的帮助；是诸如企盼修通一段路和得到一碗热饭，盼来的却是坑坑洼洼的路和缺油少盐的饭的滋味。

体会过浓浓的人情味，也体会过热烈的人情味，那是有人知道你远行身上会缺少什么衣服，进门有人为你准备热乎可口的饭菜；是病中和无助的时候有人日夜守候身边，喂饭并为你擦屎倒尿；是危急的时刻一个电话和短信就会有人放下百万千万元的生意即刻赶到你身边；是缺钱和丢失什么的时候有人把钱塞到你手里或千方百计为你追回东西；是有人给了你很多爱和帮助却从来不要回报；是一辈子爱一个人并几十年如一日地关心一个人；是有人一直在做让更多人能够快乐幸福的事……人世间浓浓的人情味，热烈的人情味，是没有办法描述完的。

人活在情感的世界里，活在人与人的情感中。一个人可以极度缺少钱、面包与水，也可以面对极度残酷的环境，而唯一不可缺少的是他人的情和爱；一个人甚至可以缺少文化，但最不可缺少的是做人的人情味。

缺少人情味的人，是枯燥无味的人，是自私透顶的人，是缺少朋友的人，也是孤独寂寞的人。

世间最美的味不是山珍海味，是"人情味"。吃过百千万种美味，闻过百千万种花香，却没有任何美味和香味能胜过"人情味"。人情味是这世间无与伦比的大美之味。

芭蕉林里的恋人

傍晚血红的夕阳里，有个长发彩裙的佤族少女，从小河对面的寨子飘然而来。有个英俊小伙在河边芭蕉树林等她。姑娘调皮地扑向小伙，搂住他的脖子并跨在了他腰上。小伙顺势而坐，姑娘也顺势坐在小伙腿上。小伙的腿粗壮而结实，似她的"折叠椅"。他们亲密相拥，脸对脸，眼对眼，嘴贴嘴……爱意动作美妙，说悄悄话的表情神秘。

他们青梅竹马，相爱多年。两家住地寨连寨。她非他不嫁，他非她不娶。这片芭蕉林，是他们约会的常地。芭蕉林的神秘和凉爽，给他们的爱情增加了浓浓甜蜜。

姑娘拍打着芭蕉叶悻悻地对小伙说，将军的儿子又来缠她了。小伙故意逗她说，你就嫁给他吧，他家有钱有势。姑娘狠打小伙一拳，生气地说她喜欢他，也喜欢"这边"。姑娘又说，她父母让他做上门女婿，不然就让她嫁"那边"将军的儿子。小伙郑重地对她说，不许你嫁将军的儿子；嫁到"这边"来吧，我不想做上门女婿。姑娘说，嫁"这边"，爹妈既没养老金又没医疗费怎么生活？小伙说，那怎么办？姑娘小伙都明白，如果他不做上门女婿，她父母就让她嫁给将军的儿子。她的父母要选择"依靠"。两人一阵沉默。

他们说的"那边"，是缅甸；他们说的"这边"，是中国。坐在小伙腿上的姑娘，面朝缅甸；搂着姑娘的小伙，面朝中国。姑娘倾心嫁"这边"。

这边有政府的养老金、医疗保险，有令人眼花缭乱的商品，有洋楼般的住房，有安宁的日子。"那边"的枪炮声会时而响起，有时炮弹还会落到寨子里。尽管这样，姑娘父母也不愿离开他们一贫如洗的寨子和竹楼。姑娘牵挂双亲，自从她把心贴到小伙胸口那刻起，她就纠结这件事，不知道该怎么办好，直到现在他们不得不面对嫁娶的时候，还在为此苦恼。可他们最近知道，"这边"要给寨子所有人办医疗保险，她爹妈今后看病无忧了。本来，她家寨子与他家寨子，很早以前都属"这边"的，只是后来以这小河沟为界，把两寨分成到了两个国家。原来她家"那边"富，而现在"这边"比"那边"富。富了的"这边"，没忘一树同根、一井同吃、一宗同族的"那边"的寨子。想到这件好事，他们很快有了主意。

也就是在极其短暂的沉默里，他们两人想出了一个绝好的主意，几乎是同时说了出来：让二老搬到这边同他们一起生活。这样的默契，只有心有灵犀的恋人才会有。是小伙去那边，还是姑娘嫁这边，这么大的难题，他们几秒钟时间就解决了。异常开心的姑娘，给小伙送上了温情的吻。

姑娘激情的吻，惹怒了那边沟岸上的小狗。小狗冲姑娘小伙"汪汪"直叫。姑娘对小伙说，她家"汪汪"来叫她了，她该回家了。她的回家，是回国。小伙身后有条小河，过了河就是缅甸了。小伙爱上了一河之隔的村里的缅甸姑娘，这个缅甸姑娘要带着二老嫁给这边村里的中国小伙了。看她像一片彩云，飘过小河沟，飘回了她们寨子里。这个傍晚的夕阳功德无量，这个傍晚的时光无限美妙，似乎是它成全了一对恋人的美意。

被"汪汪"叫回家的姑娘，兴奋地告诉爹妈，要把他们二老一块随她嫁过去。她以为二老会高兴，没料到父母都摇头。爹妈说，嫁给将军的儿子吧。嫁他儿子，他们养老全有了。再说，哪有嫁人把父母随"嫁"过去的！姑娘说，这边打仗不太平，缺吃少喝的，将军的儿子她不稀罕，还是随她过去吧。爹妈说，那样多丢人！姑娘掉泪了。爹妈说服不了女儿，女儿和父母僵持了好些天。最后她父亲说，中国条件也好，政府每年给边民很多补助金，就嫁过去吧；她有好日子，他们苦点也高兴。可孝顺的姑娘，心里还是挂着愁。

那晚，她与小伙又约会在小河的"那边"长廊里。姑娘说，怎么办？小伙说，那你嫁给将军的儿子多好！姑娘打了他一拳，掉起了眼泪。小伙说，你嫁过来后，再把二老接过来。两人都说好。

姑娘嫁了过来，穿过"那边"的芭蕉林，又穿过"这边"的芭蕉林；从"那边"的草房竹棚，到了"这边"的别墅式小楼。

姑娘住到了小楼，思念双亲，小夫妻俩就把双亲接了过来。而后又把他们的户口也转了过来，让老两口也成了"这边"人。老两口知道了，乐得合不拢嘴。

仍在小河边芭蕉树下，小伙姑娘时常约会。他们是芭蕉林里走出的恋人，他们享受爱情带来的甜美。她高兴，他高兴中有自豪。她为嫁他高兴，他为娶到她高兴，为生活在"这边"自豪。

他的背后是瑞丽，是云南，是大家园。大家园里地大、人多、富裕、美丽。每当这样静坐，小伙感到自己的后背，总是暖暖的。

香 香

　　我的初恋，是从乡下那个傍晚开始的。

　　爹妈下地干活去了，家里仅我一人，香香从她家门缝里看到我爹妈扛锹出了巷子，就轻手轻脚地进了我家。香香和我家在同一巷子，相隔四五十米远近，我们经常能瞅着彼此进出家门。她为了等待这个晚上和我的幽会，她说在她家门口，朝我家察看了几十次，苦苦等待为的是我父母一旦出门下地，她即可与我单独见面了。她好不容易瞅我爹妈出门了，就一阵风似的飘进了我家。

　　那个傍晚一抹夕阳正好照到院门，香香从我家大门里飘进的时候，小脸和那一身碎花裙子，被血阳染得红艳红艳的，天仙下凡般美丽。这初次约会，是我们几天来在地里干活时预谋的。本来可以把她约到村外那块僻静的田地，可晚上田里到处是浇水和干活的人，怕人家看着。本来可以约到城里的电影院，但怕买不到票。也不能约到城里街上，她怕她城里的亲戚看到。那时老家那个地方，晚上男女在一起，或者男女要拉手，是会被人视为不正经狗男女，甚至流氓的。我们不敢在村外和街上约会，不然要传到村里，或被治安员盘查，那是很丢人的事情。就是这样的约会，也不能让父母和家人看到，那不仅仅是不好意思的事，也会让父母担心，担心"出事"。那个年代如若哪个姑娘不慎怀上了，那会是让整个村炸了锅的事情，那姑娘小伙的名声和前途就完了。所以，村里男女相爱，是偷偷摸摸很艰难的事情。

　　家里除了鸡、猪、羊，就我们俩。第一次跟女孩约会，又是趁父母兄弟姐妹不在家的空儿，心跳得像打鼓。我们彼此很害羞，又很激动，也很紧张。我们坐在两张椅子上，紧张和激动得不知道说什么好，你看我我看你瞅着发笑。还没来得及说什么话，不料院门"吱"地响了，我妈回来了。我妈回来给我的那种感觉，就像做了见不得人的事似的，不知道该怎么办。香香也紧张得站在地上，像等候处置的样子。妈见到我们俩，很惊异的眼神，但很热情地朝香香打了招呼。香香小脸羞得涨红涨红，说声"我回家了"，就跑了。妈很快回来让我和香香的约会匆匆结束，我心里很不是滋味。我有点怨恨妈，我怀疑她是故意的，故意不让我们在家约会。这一点我猜对了。后来两次，我们趁家人不在家约会，香香来我家还没坐稳，我妈就回来了。我断定我妈是有意的，但我至今也不得知她是怎么知道这件事的。

　　我和香香都很郁闷。香香问我，你妈是不是不喜欢我？我说，你是村里最漂亮的姑娘，人又好，她怎么会不喜欢你呢？！香香找不到缘由，但我猜出来几分。我妈不想让我们"好上"，缘由是香香是郭姓，是村里的大姓，村里八九成人家都姓郭，我们是异姓，是村里唯一独姓。按郭姓人家的观念，大姓人家的姑娘，不嫁村里独姓人，母亲觉得我们"好上"不合适；我家和香香家门挨门的，大姑娘大小伙，万一弄出点"事情"来，会很丢人。我妈还有没有其他想法，我再猜不出来。

　　在家里、村里都没法约会，我约她看过电影，我排着长队买到了票。那两个小时，电影院像夜晚一样，看不清脸红和害羞的表情，我们可以肩挨肩地亲近，也可以偶尔碰她的手。我们看过两场电影，约会从此结束了，我报名当兵去了，我们从此再没有约会和单独相处过。

　　我喜欢香香，我不仅仅喜欢她的漂亮，更喜欢她的"义气"。有一件事情至今让我很感动。我当兵前当村会计，骑自行车是常事，有两次，我的车铃被别人偷了，她替我着急，结果就把她哥的车铃卸来安到我的车上，搞得她哥到处找车铃。我觉得她"义气"，为我着想，是个可以终身依靠的女人。

我在部队给她写过信，我说你嫁给我，不要管我爹妈怎么想。她回信说，她喜欢我，也很爱我，等我复员回来。我的三年兵还没有当满，不到复员的时候，结果有人给她提亲了，但不是我家的人。她说，她谁也不嫁，要嫁给我。她让人向我父母提亲，我家人对提亲的人说，我们新路要找吃"商品粮"的媳妇，农村的不要。这话把香香的鼻子都气歪了，哭了几天，嫁人了。在那个农村没有电话、写信一时半会难收到的年代，香香以为我要找"吃商品粮"媳妇的话是我说的，是我变心了，所以她二话没说嫁人了。直到现在，她也许还认为是我到部队变了心呢。实际上，我是当兵第四年提的干部。她托人提亲的时候，我还是面临复员回乡种田的兵，哪里敢想找"吃商品粮"的媳妇呢？这成了我们的误解，也成了她永远的怨恨。

我们已走过了青年和中年，终于明白，初恋与婚姻无关，是很常见的事。我不留恋初恋，但留恋香香的纯粹。这纯粹，一直感动着我，让我心里暖暖的。

那个害羞的少年

　　我十七八岁的时候，最不情愿、最为烦恼的事情，就是去城里卖菜，这并不全是因为卖菜是件苦差事。卖菜的确是件苦差事，卖得快点，就能很快回家，不好卖或卖不掉，得熬到天黑才能回家，否则是无法给父亲交代的；卖得快点，必然得卖得便宜才行，可是卖便宜了回家也没法给父亲交代。因而常常一天也吃不上饭，只能吃自带的馒头烧饼喝自来水。尽管这是件很苦的事情，但也不是我为此而最不情愿和最烦恼的原因。让我最痛苦的是怕遇到城里的女同学。20世纪七八十年代以前，老家那个地方，是城里人乡下人相当分明的时代。我是个乡下人，但又在城里读书，班里女同学都是城里人，遇到这种情况，对我来说是非常伤面子、伤自尊的事情。

　　怕遇到女同学，是因为那时的城里人比乡下人显得绝对优越、高贵，城里人吃国家供应粮，拿工资；乡下人，土里扒食，拿菜换钱，这就让乡下人比城里人低了一等，城里人完全看不起乡下人。另外，还怕遇到"市管会"的人，因为那时全社会大兴"割资产阶级尾巴"，政府不容许农民进城摆摊卖菜，上街卖菜是受打击的对象。轻者，没收菜，要不然就把你圈到一个地方给你办学习班接受教育批判。这两种情况都是折磨人内心的。

　　我家在城郊，种菜为主，自留地里种的茄子、黄瓜、韭菜、白菜、菠菜、辣椒、芹菜、西红柿，那是要从春天卖到冬天的。菜到旺季，一天得卖两三种菜，否则菜就会烂在地里。我从八九岁就开始卖菜了。起初是父亲带我卖，后来就让我一个人卖，直到上一天学卖一天菜的状况。家里不是没有比我大的人，还有母亲、哥哥、姐姐，他们都是可以卖菜的，但最终卖菜的事还是推给了我。这是因为父亲是生产队长，忙队里的事又是家里挣工分的主劳力不说，还有"割资产阶级尾巴"这一条，他不能卖菜；母亲、姐姐不识字，卖菜不会算账，父亲认为这事他们干不了；哥哥可以卖菜，也能吃苦，是最佳人选，父母曾让他去卖菜，但他一次也没卖过，是他抗拒了父亲让他卖菜的逼迫。其缘故也是因为卖菜害羞，尤其让女同学看见。当然我也极力抗拒过卖菜的活，而且多次抗拒过父母亲的逼迫，但没用。我是孩子中的老三，说大又不大，说小又不小，比我大的哥可以对抗父母，父母拿他没辙，我就不同了，我要对抗，就得挨打。再则，那时家里人口多，我后面还有一个妹妹和两个弟弟都要上学，生活很困难。哥哥在读中学，还要接着读高中、大学，要缴学费，每周要拿生活费，父母把全家未来兴旺的希望又放在了他身上，而且他的功课确实耽误不得，他拒绝卖菜这种活是很正常的事情。

我尽管在读小学，但在生活困难的现实中，在父母眼里的轻重程度上，我跟哥哥是没法比的，父母让我去卖菜，我别无选择。当然，卖菜也有让我高兴的地方，那就是口袋里的零花钱比兄弟姐妹们多，且会源源不断，这使得我有时还很乐意。自从八九岁为家里卖上菜后，我为我们家卖了长达十年的菜，直到我十八岁离开家才结束。

卖菜怕遇到女同学，那是上高中以后的事。我的小学和初中是在农村上的，女同学都和我一样是乡下人，感觉无所谓。高中到城里上学，大街小巷都会碰到女同学，我拉着菜车在街上走，好像有哪个女同学看到似的，浑身犹如针刺火烧般难受，每次进城卖菜，很难为情。当然有让女同学看到的时候。有一次，我到县城南关十字口去卖西红柿，我心里直打鼓，生怕碰到班里的一位女同学，因为她家就住在这街口。果不其然，那位女同学提个菜篮来买菜了，而且朝我的西红柿筐走了过来。我正在给买我菜的人称西红柿，眼看就要走近我的菜筐了，我便扔下手里的秤和买菜的人，赶紧躲到了身后的商店。这莫名其妙的举动，让那个买菜的人吃一惊，直追我喊："怎么了，怎么了！"我也不回答她。那女同学没看到这一幕，到我菜筐里挑西红柿，挑好西红柿发现没摊主，便大声呼喊："这是谁的西红柿，这是谁的，人呢？！"那个没买到菜的人向那女同学指着商店说，他钻到商店去了！那女同学挑了几个又红又大的西红柿，着急地朝商店边张望边喊："喂！卖菜的，人呢，没人我拿走了！"她那尖厉的喊叫声，简直像喊贼似的，吓得我脸发烧，腿都发软了。我多么希望她别喊叫，把西红柿白拿走算了。我生怕她追到商店里来找我，便躲到了商店的角落里。谢天谢地，她没有进商店找我，而是不高兴地扔下西红柿走了。我看她在别人的摊上买了西红柿，走远了，这才回到了我的菜摊上。女同学的出现，虽然让我少卖了好几个人，但我很高兴，庆幸自己躲过了让女同学见到我卖菜的羞涩和尴尬。

还有一次，我拉一车白菜去县城卖，是自家地里产下的鲜嫩的白菜。父亲交代，每斤白菜必须卖一毛钱。父亲知道菜市的行情，也知道这车菜大体有多少斤，如若卖贱了，那是会发脾气的。刚进城，我的全车菜就被一位大妈要了，九分钱一斤，她让我给她拉到她家。我进了这个巷子，就有点紧张，因为我一位女同学的家就在这个巷子里。

我跟着大妈进了一个小院子，正巧迎面走来的就是我生怕见着的女同学。她是我座位后面的"小丽人"，粉红的脸，脸上两个小酒窝，一脸的甜蜜相。她的那种漂亮，是让男生多看一眼会害臊的漂亮。我俩都一愣，我不知道对她说什么好，我既是羞，也是难为情，恨不能脚下有个洞钻进去。大妈对女同学说，帮着称菜吧，我买了一车菜。女同学红着脸，帮我推车、卸菜，把秤递给了我，我的脸红得感觉燃烧起来了。我怎么好意思把菜卖给女同学家呢，我把秤扔到一边，对她母亲说，这车菜我不要钱了，送给你们吧。她母亲不知道怎么回事，说你脑子有问题啊，这么一大车菜，白送我，为什么？我指着她女儿说，我们是同学。她妈问她女儿，你们班还有乡里的啊？这话让我更无地自容了。我快速卸完菜，拉车就要走。她妈不干，说同学归同学，菜归菜，称完菜、付了钱再走！我一再说算了，她妈塞过来七块钱，我本来是执意不拿钱的，但想到这么一车菜没卖到钱，回家给父亲交不了账，只好红着脸收下了。我看着女同学那张同样羞红了的脸，我的心羞愧极了，从那以后的很长时间，我十二分地憎恨我是乡下人的出身和处境。

云南女人

　　云南有多少种美艳的花儿，就有多少类美艳的女人。云南的山水白云有多么丰富生动，云南的女人就有多么深情水灵。云南的柔情山水最滋润肌肤，云南女人尽收了美景妙水的灵气。云南的蝴蝶穿多么绚烂的衣裳，云南的女人就有多么绚烂美丽。

　　云南女人集天下诸多优秀女人的外在与内在品质，散发着十足的美。她们穿得如孔雀，模样如花朵，花香女人味，嗓子赛百灵，跳舞如精灵，情感如泉江，爱人如火炭，手巧如仙女，双脚不怕山，干活似黄牛。

　　她们追求不同的穿着美，绽放出的是朵朵异彩。彝族姑娘绣花衣的七彩和那闪光的银袍，是从天上撕下来的彩虹和摘下来的月亮；那撒尼族女子长衫领袖口耀眼的刺绣和绣花布鞋，是她们把天地最好看的颜色描涂在了衣服最显眼的地方；白族姑娘把那黑白里混杂着浅蓝、粉红、紫红、玫瑰红等色彩、美若天仙的蝴蝶衣服拿来穿在了她们身上；傣族女子用多色内衣和多彩筒裙还有那披金挂银的饰物，把自己打扮得像只多姿多彩的孔雀；景颇族女子的大银袍、银项圈、银项链、银耳环、银手镯，把最多的银挂在身上显出高贵与不凡；撒梅人银光闪闪而鲜花怒放的"鸡冠帽"，把她们打扮得鲜亮如朵朵花儿；纳西族女子绣白布带拉到胸前交叉的披肩装束，犹如七颗闪亮的星星围着一轮纯净的明月……

　　云南四季如潮的花，张着朵朵笑脸，灿烂的花容又移到了云南女人们的脸上，绽放多样的花情。红玫瑰的笑、白玫瑰的笑、牡丹花的笑、三角梅的笑……各种花的笑，都在她们脸上。她们一脸如花的笑，是因为她们的脸，被温柔的风、纯情的水、多彩的花亲吻滋润的脸，总是白白净净、红红润润，不施粉黛、不涂口红，那脸那唇也红得娇艳。云南女人的笑脸，是行走的花朵，迷人而不妖，甜美而不娇，艳丽而纯朴。

山茶花开遍了云南山野，山茶花散发着诱人的、令人垂涎欲滴的烤面包的麦味。云南女人也是盛开在山里的另一种山茶花，娇艳而带有野性，温柔里透着坚强。云南女人的味，大多是山茶花味，给人以温馨的味道，让人想家，让人想那香香的饭菜。云南女人是水边绽放的茉莉花，悠远的清香，令人心旷神怡，向往美好。茉莉花生长在云南，茉莉花神进入了云南女人的魂魄，云南女人大多是长开的茉莉花。茉莉花香的女人味，能让劳累的男人筋骨舒展，能让郁闷的男人心云驱散，能让男人迷茫的眼睛望远，更能让男人不愿意离开家乡。云南有多少种花香，云南女人就有多少种女人味。

百灵鸟是学叫的奇才，鹦鹉是学舌的天才。云南女人有天籁般的嗓子，云南女人有好听的歌声。百灵鸟会模仿燕子、黄莺、麻雀、画眉、黄雀等鸟儿的鸣叫，还会学母鸡的咯咯声、鸭子的嘎嘎声、猫的喵喵声、狗的汪汪声，甚至还会学婴儿的啼哭。鹦鹉会学天下四方人说话，且还会学世界所有难说的话。云南女人学了百灵鸟的本领，嗓子更是超过百灵鸟。云南女人有鹦鹉的本领，会学唱各种美妙的歌。云南女人像鹦鹉一样，学会了山间最好听的声音，所以云南女人最会唱山歌。云南女人的声音清脆，云南女人的歌声动人。她们山上唱，山下唱，村子唱，河边唱，树林唱，田里唱；闲也唱，忙也唱，累也唱，不累也唱，忧也唱，乐也唱，一年四季都有歌。张嘴就唱歌，人人都唱歌。云南女人的笑有多少，云南女人的情有多少，歌就有多少。云南女人有唱不完的山歌，云南女人有说不完的情话。

蝴蝶、蜜蜂的翅膀优雅而灵巧，云南女人灵巧的地方还有两条腿。蝴蝶、蜜蜂会翩翩起舞，云南女人会走就会翩翩起舞。云南女人的腰是水蛇腰，纤细柔软，云南女人的腿与胳膊如藤弯曲自如。云南有花一样的舞，云南女人创造了花一样多的舞。柔美多姿的舞，像别致的山茶花的花灯舞，表现动物与人生活习性的烟盒舞，活泼明快的版纳舞，等等。云南女人的舞跳得多么丰富生动而优美，云南女人的舞之美被云南美女杨丽萍跳到了极致。杨丽萍的美姿概括了云南女人的舞美，也集纳了云南女人的柔情似水之美。舞让云南女人变得活泼大方，舞让云南女人变得多情而漂亮。

云南的云是天下最多情的云，云南的云像花像画像诗像歌。云南的云有时淡雅，有时丰润，有时沧海桑田，有时花团锦簇，有时轻柔妙曼。云南的云化作了云南女人的情感，有时奔放汹涌，有时温柔娴静。云南的女人有了云的丰富情感，云南女人与天上的云彩一样多情。凤尾竹那纤细而弯曲下垂的叶宛如凤尾，凤尾竹的韵味轻柔婉约，凤尾竹的多情恰似云南女人的风韵和内心。凤尾竹在月光下似水波荡漾，云南女人在月光下如凤尾竹柔情似水。云南女人的柔情表现在她们的歌舞里，云南女人的柔情更是给了她们心爱的人。云南的蝴蝶泉水引来百蝶戏水是因那泉水甜润柔美，云南女人情感的心田似蝴蝶泉水柔美甜润。云南绝美山水的灵气滋养了云南女人的内心，云南女人的情感如秀美山水一样丰富。

云南过桥米线既是米又似面，因配料丰富且味美实惠闻名天下，云南过桥米线有汤有肉有菜有米营养丰富，是云南女人聪明智慧的杰作。云南女人的过桥米线让男人跟在她后面转，云南女人的过桥米线养美了自己养胖了男人。云南女人的过桥米线香飘云南也香飘中国和世界，云南女人的过桥米线让男人走到天涯也想回到云南。云南江河山川遍地物产应有尽有，云南女人喜欢在厨房煮烹炒焖炖蒸烤炸。云南女人是做小菜的厨师，云南男人个个是美食家。云南男人喜欢吃各种各样一大桌菜，云南女人做几十道小菜不在话下。云南女人对爱人的情意展现在桌子上，云南女人的美菜美味让男人食欲旺盛，心花怒放。云南女人疼爱男人是打心眼里的，云南男人大多习惯了女人的贴心关怀与服侍伺候。云南男人吃饭穿衣喝茶依赖女人，云南女人把男人当小孩一样照料。云南女人是好厨师好保姆，重情有美德，云南女人爱上谁便情浓意深轻易不回头。

云南女人是花鸟山水画家，衣裙是她们的画布。云南女人在衣帽鞋上手帕上画画，她们在布上画尽了云彩花儿绿树山川美景灵兽。云南女人是天下最懂得美、体验美的画师，云南女人把所有的作品展示在她们的穿戴用品上。织布鸟能把细如丝的物穿网打结织成防风挡雨的巢穴，云南女人的手能把细如丝的物纺织成密不透风的花朵云彩百鸟衣裙。

云南山高坡陡水长路远有着愁死人走死人的山路，云南最能走山路陡坡远路的是山羊、马、骡子。云南不怕山高坡陡水长路远的，不光山羊、马、骡，还有女人，云南女人大半生在走山路，走愁死人走死人的山路陡路长路。云南有的是高山陡坡险崖，云南的山羊胆大不怕高山陡崖，云南女人也胆大不怕走高山陡崖。云南的骡马陪男人走那望不到天边的路，云南的女人也陪男人走过那望不到尽头的一生。云南的骡马走望不到天边的路威风凛凛，云南的女人走望不到天边的路一路山歌。云南有着又高又陡又长的山路，云南女人有着比山路还要厚还要长的脚。

云南的山田里总也离不开黄牛骡子马，也离不开女人，云南的山田里女人是主角。云南的山田里弯腰播种插秧铲草收割是女人，云南的女人从小在田里弯腰一直弯到生命结束。所以呵，云南女人能与鲜花怒放比美，云南女人的美德与魅力像多彩的山水光芒四射。

云南男人

做一个云南男人，会怎么样？一定是妙不可言的。妙在云南山水绝美，云南鲜花如海，云南美女如云，云南歌美风情万种。有这样妙的美景、美歌、美女、美情，云南男人活得很奔放，很多情，也多少有点幽默。

这不，车上就坐有三位幽默而情感奔放的云南男人，老蔡、老黄和司机小乔。他们是土生土长的普洱人。普洱男人好像是很容易让姑娘开心的云南男人之一。一种秀，一种朴，一种丑。老黄像普洱生茶，虽老却透着绿秀，还露着绿茶的清香，戴一副眼镜，斯文而俊秀；小乔不秀也不土，不白也不黑，面目有山水的灵气，也有大山的雄壮与饱满；老蔡面如黝黑的山岳，颧骨很高，嘴巴宽大，像普洱茶一样，颜色黑不溜秋的，甚至还有点外表粗糙。他们与你相处不一会儿，就会让你感到有种暖暖的、润润的、香香的、柔情的东西，往人心里涌来。

老黄的秀，是能歌善舞。他话不多，一脸的微笑，像云南的山和水一样，看上去总是让你很舒服。其实他的文静清秀后面，是一股极大的热情。在与拉祜族小伙姑娘喝酒对歌和跳舞之时，他优雅地端着米酒，老练地勾挽着姑娘的胳膊，调皮地与那些姑娘们喝酒对歌。姑娘唱一段他喝一杯，他唱一段让姑娘喝一杯，他歌声清亮，情意缠绵，那神情让人陶醉。还有他那有点挑逗和滑稽的舞蹈，表现出他是云南男人中那种似竹清秀而有韵致、山泉那样清亮奔放、蝴蝶那样热爱花朵的男人，且满腹学问，心地善良，怜香惜玉。这样的男人,在云南随处可见,这样的男人,不仅云南姑娘喜欢,而且也是外地姑娘追逐的目标。这得感谢上苍,云南美的山水,造就了一批英俊灵秀的男子,他们是云南俊美山河的化身。他们山一样健壮的身,云一样白净的脸,泉一样有神的眼,歌一样迷人的情,让世界各地的姑娘动心。

小乔开车开得像玩似的。云南的路长而险,有一手好车技,再有一副好身体,再加上一些勇气和豪气,最适合在这样的路上飞驰,或者给姑娘们表演车技。哪个姑娘如若坐上这样小伙的车,在若干个小时的漫漫奔波中,在这无聊的时空里,除了看窗外的风景,就是看司机小伙的驾驶表演了。司机小伙看旁边俏丽如花的姑娘,劳累顿失,精神抖擞,一般会把车开得飞快。飞快中会有小小的惊险,在惊险里把车开得游刃有余,才能显现出聪慧而高超的车技,才能让姑娘在有惊无险里对他产生感叹,在感叹里产生敬佩,在敬佩里产生爱慕,在爱慕里产生联想。小乔的妻子是教师,他是如何赢得姑娘芳心的,看他那开车风流倜傥的动作,看他那纯朴里透着内秀的脸孔,还有他那在篝火旁闻着顺手采来的鲜花和姑娘们缠着他喝酒的片段,就知道他就是能够让姑娘垂青的那种英雄般的司机。云南美丽的姑娘,总是喜欢那些能够征服大山的男人。

老蔡是云南男人中寻常的男人。这样的男人,虽然大嘴巴和高颧骨影响了他的俊秀,但他那透彻的真诚,过度的热情,哲人的幽默,让人感到了云南男人的可爱。在澜沧江边一路云霞的上午,他给大家说笑话,说了一路,大家便笑了一路。笑后让人觉得这个人不是在说笑,是在说感悟。他是个哲学家,也是个风趣的人。在云南,这样的男人很多。他们的幽默和风趣,让人快乐,更让人有思索的享受。

云南山水的丰富多彩,造就的男人,未必仅有那么几个类型。云南男人中,有相当多属于黄牛型的。他们像牛一样,苦,无语;苦,也含着乐;忍辱,更负重。他们的美,都在内心,走近他,就会想到黄牛。云南的黄牛终生翻山越岭，经受着平川牛数倍的艰辛。云南的众多男人，平常得像头黄牛，生在大山里，苦在大山里，死在大山里，留给世上的，是飘香的五谷。黄牛型的男人，不仅在大山里，也在城市里。他们在城市里的大小门楼里，不惜力地做着黄牛一样卖力的事情，总是有着很好的业绩和绝好的口碑。

云南好男人多，是因为云南的男人享受到的好处也很多。大美的山水、柔情的美女、迷人的歌谣、诱人的美食，滋养了云南男人，造就了一群机智、勇敢、温柔、帅气、善良而与众不同的男人。

云南山美水美花美，也让云南男人容易自大和目光短浅，总以为云南在全国是最好最发达的地方，多为"家乡宝"，舍不得离开家乡，有大出息的也不多。但这些年云南男人的观念渐渐变了，一群群云南男人活跃在四面八方，也把他们的"金花""阿诗玛""胖金妹"和"卓玛"们带到了各地，生儿育女，成就他们的大梦想。云南男人一旦走出山乡，他的质朴、厚道和真诚，大多受人喜爱，也能够成就事业。

两只爱情鸽

　　这只洁白如玉的鸽子是几天前被汉子捕获的。当时它和它的同伴，那只银灰色的鸽子，在村里打谷场上觅食，被老练的汉子用丝网网住了。当汉子把两只鸽子往铁笼里装的时候，那只精明的、银灰色的鸽子"呼——"地从汉子手里逃走了。汉子不悦地提着仅有的白鸽子回了独家小院里，他想等有情绪的时候再宰杀下锅。汉子光棍，喜欢吃飞禽，他已经捕食过许多鸟类了。因为今天仅仅捕获到一只鸽子，要宰杀嫌麻烦，懒得动刀动手，就同笼子一起扔到了院子里。

　　被捕的鸽子很恼怒，翅膀在笼子里"扑棱、扑棱"一个劲地拍打，不断发出恼怒的声响。正在睡觉的汉子被鸽子的拍打声吵醒了。忽然他看那笼子旁竟有只银灰色的鸽子，抖动着翅膀，"咕、咕、咕"地朝关在笼里的鸽子叫着。笼里的白鸽也叫着，像头愤怒的野兽，猛烈地拍打着翅膀，身体在笼子上撞来撞去，眼盯着笼外的同伴，一副欲死欲活的样子。汉子吃了一惊，它是怎么找到这儿来的？它从他手里逃走时难道就跟在自己后边？不对，两天前关在笼里的这只鸽子还是平平静静的。它是找了两天才找到它的同伴的，这只鬼精鸽子！汉子粗暴地把它赶跑了。

　　灰鸽没有飞远。它飞落在了院外的一棵树上，久久地眺望着院中的笼子，焦急地在树枝上飞来飞去。白鸽似乎很疲劳了，偶尔拍打几下翅膀，也焦急地在有限的铁笼空间里转来转去。不一会，灰鸽看着院内没有什么动静，扑棱棱飞到了院内，再看看四周也无动静，便急切地向笼子飞去。笼中的白鸽看到同伴的到来，似乎兴奋极了，翅膀一次次猛烈地抖动起来，拍打得羽毛四处飘飞。灰鸽边拍打着翅膀，边在笼边踱来踱去。两只鸽子"咕咕咕"地叫着，似乎在嚎叫，又像在倾诉，又像在哭泣。好多情的一对！坐在炕上的汉子从窗缝里偷偷看着这对鸽子的生死相逢。他想，它们是一对老夫妻，还是一对恋人？如此缠绵。

一连几天，这只执着的灰鸽，一会儿在树枝上飞来飞去，盘旋等待，一会儿飞到笼子旁拍打着翅膀"咕咕"鸣叫。听得出，那鸣叫已经有点嘶哑，那翅膀的拍打带着愤怒。院落里、铁笼里到处飘落着愤怒的羽毛。两只鸽子明显地瘦了，没有梳理过的羽毛显得脏而乱。多么痴情的鸽子呀，汉子从窗缝里久久地看着这对鸽子，他有许多年没有被什么所感动过了。他这颗屠夫的心，忽然意识到了它们是那么的可怜。他触景生情地想起了抛弃他的那个女人。

那是四年前的一天，他因哥们义气对他人造成伤害，被判了一年刑。年轻的妻子没有为他守候，判决书和离婚书几乎一起送到了他手中。她爱上了别人。他精神崩溃了。因为他耳边不时响起她和他的海誓山盟。怎么爱的感情变化得如此快？怎么爱的誓言在危难的时候变得如此苍白？他想不通。他们相爱了三年，他太爱她了，可她怎么离开得这么快？为什么没有一点解释，没有一点犹豫，没有留一点余地？他的泪水湿了衣襟和两袖。在泪水的酸涩和思考的痛苦中，在那些背信弃义、唯利是图的婚恋中，他找到了理解和回答。人性中最高尚和最真实的情感是任何动物都比不上的；人性最鄙劣、最无情的一面，是在许多动物身上可找到的。

这个女人使他的心变冷了。他把"冷"转嫁到了杀食动物上。他手下从没有怜悯过捕获的任何动物。

傍晚时分，红红的余晖洒落在小院里，洒落在两只鸽子身上，把它们渲染装扮成了一对新郎新娘，它们的羽毛那么美丽，它们的神情那么动人。白鸽一刻也没有放弃等待，灰鸽一刻也没有放弃企盼。它们期待着什么——是奇迹？是结果？这对痴情的鸽子！

这时，汉子走了过来，缓缓地打开了铁笼，放出了那只鸽子。他深情地望着那惊慌地、摇摇晃晃地飞向白鸽的灰鸽，忍不住流下了泪水。白鸽发现了奇迹的出现，急切地向灰鸽迎了上来，双双喜悦地猛然抖几下翅膀，一刻不停地飞向了天空，飞向了远方……

童年玩事

家乡的西湖，不是杭州的西湖，因为湖在村的西边，村里人便称它为西湖。西湖不大，百余米宽阔，水很浅，也就一米来深，游泳无须担忧。湖里有草，草中游鱼，水翻绿波，透着神秘。湖边多老柳，蜂、鸟筑穴树上，戏闹林间。这好水，好景，成了我们小孩子撒野的乐园。

抓　鱼

西湖多鱼，多为鲫鱼。也许是湖水浅，水流急，鱼都长不大。鱼虽小，却很机灵，要想抓住它，一般很难。那时我才六七岁，没有抓鱼的本领，眼看水里的鱼蹿来蹿去，却没办法抓到，心里直着急。

有些日子，我对抓鱼产生了莫大的冲动。心想，要是抓到一条鱼，我把它养在大瓶子里，那在同伴面前是多么神气的事啊！或者我要剖开它肚子，看看肚里究竟是什么，或用它喂花猫，看猫敢不敢活吃它……我想到了抓条鱼能让我开心的许多情形。

怎么才能抓到鱼呢？下水偷袭吧！于是，我憋住气，潜入湖底，瞅准鱼群，猛然出击，每次自以为得手了，却抓到的不是鱼草，就是黑泥。这使得两手空空、精疲力竭的我，坐在湖边，瞅着水中悠然自得的鱼，十分生气。怎么才能抓到鱼呢？想来想去，办法总归有了，打鱼。我搬来石子打鱼，希望能打昏或者打死一条鱼，让我轻松地抓到它。我从湖边拣来锋利的石子，瞄准鱼群"射击"。但这样的办法也不灵，好几堆石子打光了，最终我也没打中一条鱼，这让我非常恼火和失望。唉，这鬼东西，它是什么变的，贼精灵！

还有什么办法能抓到它呢？有了，捞。用筛子捞。我偷出家里的筛子，疯一般直奔西湖。我兴奋地想，这一筛子下去，还不捞它半筛子鱼吗！我轻手轻脚地捞，然而捞了无数次，竟只捞到了几条小虾。这让我非常委屈。我恨起湖里的鱼来。

抓不到鱼，我感到自尊受到了伤害，好几天不愿下湖游玩了，但这更让我对抓到鱼产生了强烈的妄想。我在湖边蹓来蹓去，绞尽脑汁想一些好办法，终于想出了一个抓鱼的好招——小溪堵鱼。这是湖边的小渠给我的启发。因为湖边有树林，林间有溪流，溪流通湖水，若把湖里的鱼赶到一条小溪，再把小溪口迅速堵起来，再把小溪的水淘干，溪里的鱼不就成瓮中之鳖了吗？我对想到的这个主意很兴奋。我找来村里的伙伴，我们一起下河赶鱼。不一会儿，湖里的一群鱼被我们赶到了小溪，我们赶忙用石头、土坯把溪口封严实，赶忙淘水。不一会儿，我们便把小溪的水淘见底了，鱼儿"亮"出了乌黑的脊背，挤成了一团。成群的鱼儿疯狂地乱跳，让人好不刺激，我们麻利地把它们抓到盆里，足有二十多条！

好不容易抓到了鱼，我要看个细致。我们刳下一条鱼的鳞，才明白鳞不是银片"衔"的，是软骨片。肚里是啥？我们用小刀剖开膛，掏出了内脏，原来在一团黑色的肠子间，有心，有肝，还有两个小指大的鱼漂，这才让我弄明白了鱼是咋回事。同伴说，你把鱼的"肚子"掏净，我们煮鱼汤喝吧，很香的。不大工夫，我们就把鱼"收拾"干净炖上了，且很快飘出了浓浓的香味。再过了一会儿，伙伴说，可以喝了，便盛一碗给我。这是我有生以来第一次喝鱼汤，腥味直钻嗓子眼，诱人恶心。伙伴劝我一定要喝，我便强忍着去喝，喝了几口感觉鱼汤竟然腥里透香，味道很好。打那儿后，我喝鱼汤和吃鱼，再不惧腥味了。

掏　鸟

西湖的柳多洞，洞中多有鸟巢。说是鸟，其实都是麻雀。每棵树上，不是麻雀的乐园，就是蜂的天堂。

西湖的麻雀很霸道，树上树下，群鸟满枝；凡是树洞，都要做窝。每当春季，麻雀夫妻格外勤劳，修筑巢穴，产卵孵鸟，频繁觅食，刚送来虫子，又送来小鱼，你飞进我飞出，让人看着眼累。待哺的小鸟好像永远是饿的，除了偶有短暂的停息，一直在叫，吵得树下人心烦。我喜欢站在一棵树下看鸟忙活，既对巢里的情形好奇，也对小麻雀不停地鸣叫而感到厌烦，便产生了掏鸟窝的想法。当然这种想法主要来自对麻雀的轻蔑和仇视。

这种轻蔑和仇视，不仅仅是因为麻雀比其他鸟形容"丑陋"、举止"鬼祟"，更是来自大人们对它的敌视。大人们说，见了麻雀就要打。麻雀不是好东西，它抢粮食，一只麻雀一年要让人少收好多粮食的。我跟大人到生产队开过灭麻雀、老鼠、苍蝇、蚊子"除四害"大会。生产队长给每个社员和每家每户下达了消除"四害"的指标，说是政治任务。打麻雀怎么打，他让大人小孩都来做弹弓，这让我很好奇。他手里比划着的一个弹弓，把柄是用小木叉做的，两根皮条用的是马车内胎，做个弹弓很简单。于是，我砍来木叉，找来皮条，几下子就做好了一个。弹弓是做好了，可是我的胳膊力小拉不动，打不远石子，就是打出的石弹也击不中麻雀，这让我很懊恼。大人们有劲，他们把弹弓皮拉得很长很长，往往石弹射出，树上和墙头的麻雀就会落地。这让人很羡慕。

怎么才能打死麻雀呢？有了，我忽然想起了西湖的柳树。西湖的柳树多得是麻雀窝，我可以上树掏鸟儿，摸鸟蛋，多刺激呀！于是，我爬上了西湖的柳树，去掏麻雀巢。掏麻雀很容易，得先听鸟巢有没有鸟的动静，如有叫声，便慢慢地把手伸进鸟洞，这样常常可以一把抓出三四只小麻雀。小麻雀身上毛茸茸、热乎乎的，让我既兴奋又恐惧。我把一窝窝麻雀扔下树，把没长毛的麻雀扔到湖里让它"游泳"，把基本会飞的留下来玩，它们挣扎不久就命归西天了。对于掏到的鸟蛋，我会把它们装到几个衣兜里，谁欺负我，我就用鸟蛋打谁，打到谁的脸和身上，就是一摊黄稀。再就是用鸟蛋打墙子，一个鸟蛋会打出一摊"涕"，很过瘾。

那几个春天，我掏麻雀窝，带小伙伴掏麻雀窝，几乎把西湖边柳树上的雀窝全"光顾"了个遍，不知毁灭了多少麻雀。后来才知道，人们对麻雀有天大的误解，它虽然抢食粮食，但却是虫子的天敌。我们杀了麻雀，多了害虫，杀麻雀是错误的。一个误解，使我杀死了不计其数的麻雀，村上的麻雀几乎也被大人小孩捕杀得看不到了。好在麻雀繁殖很快，不久，墙头的窝，树上的巢，又飞出了小麻雀。西湖的树上，又成了麻雀的乐园。但此后，我每当看到麻雀，便很内疚。

捅蜂窝

在湖里玩耍久了，就想寻找更好的花招玩。玩什么更刺激呢？捅马蜂窝！这个想法不错。湖坝上，墙缝隙，树洞里有的是马蜂窝。这些让人讨厌的东西，不停地在湖上飞来飞去，你若稍不留神"碰"了它，它就会咬你。马蜂的毒很大，一口就会咬起个大包，剧痛不说，还很难消肿。它跟我是有仇的。有次，我在湖边野跑、玩耍，被马蜂蜇了脸，半个脸肿成了面包。我想报复它，但又不敢，生怕再被蜇。大人们说，马蜂很抱团的，谁要捅它的窝，它们就一起咬你，要让群蜂咬伤了，很快会疼死的。大人们都躲着它。

我想捅它，但我惧怕，便找来小伙伴商量既能捅蜂窝又不会被马蜂咬的计策。我们想了半天，也没想出什么好办法，有点灰心。后来，我想出一招：每个人穿上棉衣，编织个只留两眼孔的套头、围脖的柳条帽，护住脑袋和脖子，再在手腕及皮肉暴露的地方涂抹上污泥，这样就咬不着了！此招得到了大家的赞同。说干就干，每人如法炮制，大伙很快"全副武装"开战了。大家每人握一个长棍，或捧一团黏泥巴，或提一包土，向马蜂窝进攻了。

我的"招"果然奏效。我们逼近马蜂窝，马蜂扑满了身，但咬不着我们。我们胆大起来，一团泥巴就把墙隙里的小马蜂窝给埋葬了。对树洞的、地洞的大马蜂窝，便用水和土淹埋。这一招真好，遭到土和水袭击的马蜂，浑身水湿灰头土脸地爬出洞来，直扑捅蜂人，一副报仇雪恨的样子。对地洞里的马蜂，我们则灌进煤油烧，结果它们一个也跑不了。有时坏意上来，我们还会把棍棒捅进蜂窝里乱搅，搅得马蜂发疯般漫天飞奔。如若路上有人大喊大叫，那一定是被马蜂咬着了。

捅马蜂窝虽然好玩开心，但很快就招来了麻烦。有一天，同村的一个小子路过湖边，让那些被我们捅急了的马蜂蜇了，他光头的左边肿出了个皮球，右面的脸肿歪了嘴。他家的大人找我们几个捅蜂窝的父母"算账"，要医疗费，气得家人抢着棍子要打我们。我们钻进林子，直到天黑才偷偷回家。从此，捅马蜂窝的事，再也不敢干了。

事实上，这样的玩事，想干也没处干了。不久，西湖的树被砍了，湖被造田了，大湖变成了一条沟。村庄的西湖从此消失了。

摘不完的苹果

一个人如若在农村生活过，那一定会拥有一段终生难忘、也非常留恋的记忆。其难忘和留恋，就在于走在村庄和田野，进入大山和森林，有种回归自然、置身美景的兴奋，有种大自然对人宠爱、对人平等的馈赠之感，也有种在家园、在母亲身边的慰藉与亲切。

在都市，你出门口袋必须装钱，没钱必须背上吃的和水，街上虽有的是美食和鲜果，但那是为口袋里的钱准备的，否则你会寸步难行，也会挨饿受渴。而在农村，你出门和远行，口袋里可以没有一分钱，行囊可以不装一块干粮，但你不会饿着，也不会渴着，田野里、山林中总有你的食物，更有甜美的泉水。在都市生活，尤其是在大都市生活，你生活在钢筋水泥的世界中，拥挤在一脸茫然的人群中，在人造的美景中，在陌生的人群中，人像被装进了一个无形的玻璃器皿中，让你在美中觉不出亲切感、归属感。这是没在农村生活过的都市人感受不到的，也算是一种缺失和遗憾吧。

我的少年和童年，是在家乡的田园里长大的。房后苹果园，房前的菜地，给了我一年又一年四季的美景，也让我吃遍了田里、树上的鲜味和美果，甚至有些果蔬，有种摘不完的恩赐，比如苹果、麻籽、辣椒等，它们让我从结果直到深冬，都能从树上、麻头、菜地里摘到。想起这些微不足道的事情，就让我时常怀念起家乡，也有份对故乡的感恩，时常挂在心头放不下来。

一

我家住在村外的田野中，房子是土改时爷爷和父亲盖的三间土房，很简陋，很多年后我父亲又续盖了两间，围了个院墙，才显得不孤单和寒酸。我家本来是可以住到村子里的，当时刚解放，村里打土豪分田地，村贫协把一家地主的大院子充了公，那是砖结构的好房子，要分给最贫苦的社员，我家是最穷的贫农，分了两间，但我爷爷说什么也不要。不要，不是我爷爷的思想觉悟高，而是怕有一天变了"天"，地主上门抄家要房子，再秋后"算账"，那我们上哪里去住？加上我家是"外来户"，所以我爷爷索性没要那房子，买了些很便宜的椽子，把房子盖在村外。

本来这是个错误的选择，没想到还带来了很多好处呢。房子周围都是生产队的菜地，有黄瓜、西红柿、香瓜、茄子、辣椒、韭菜等，还有大片的亚麻地，景色迷人。更让人喜悦的是，生产队还在我家的房后和左右栽上了苹果树，我家名副其实地被鲜菜美果包围了。

苹果园很大，每年从春天果花盛开到秋天苹果下树，浓厚的花香和果香四处弥漫，我家从此就沉浸在了香气中。树的品种很多，唯有"红元帅"和"黄香蕉"结果最多，又大又好，一个红得鲜艳，一个脆得香甜。我很喜欢这两种苹果。

我吃苹果是从果树挂果就开始的。从果树结果起，树下几乎每天都有掉落的苹果，从一开始是指头大小的，后来到核桃大，再到拳头大；苹果从酸涩到酸，从酸到甜酸，再从甜酸到熟透后甜香微酸，苹果的甜度每个月都在增加。要真正吃到纯粹香甜的苹果，那得到立秋后的一场霜后。当然我也可以从树上直接采摘，但这毕竟是生产队集体的苹果树，不是我家的苹果，捡也好，摘也好，不能让生产队的干部看着，不然那是会向父亲告状挨骂的。

但这在我看来也不是偷，苹果既然是生产队的，这园里的苹果当然也有我家的份，苹果树又长在我家房后左右，我对吃园里的苹果，有种理所当然的感觉。秋天的每场霜，都是让苹果走向红艳、甘甜、成熟的催化剂。立秋时节，全村的人都被满园飘香的苹果馋着眼，等待几场霜后开摘。

终于又落下了一场浓厚的霜，泛红、酸涩的苹果更红了，更甜了。队长一声令下："开摘！"男女社员提篮子、搭梯子，小心翼翼地摘苹果，生怕碰伤了苹果，卖不到好价钱。

在那个年代，苹果在村人的眼中是"金蛋蛋"，为免漏摘，每棵树上的苹果，不是摘过一次就完事，而是要"摘"过三四次才肯放弃。所以，摘苹果的人总是要"翻"遍每片叶子，而且要蹭到树梢，搜索一遍又一遍，直到在他看来再也没有漏"网"之果了才罢休。而就是在这样一遍又一遍"拉网"式的采摘下，有些树上竟然还有存留的苹果。每年摘完苹果，我到叶茂的树上去找，总能找到苹果，有的藏在叶子里，有的躲在树梢处。因而，尽管是在苹果摘后的很长一段时间，只要树上还有叶子，就能找到苹果。这样，虽然苹果已采摘完了，但没断了我有苹果吃。部分高大而叶浓的树，就是给我储藏苹果的篮子，我想吃苹果，只要用心去找，总能找到。这些被浓霜浸染过的苹果，吮吸了树最后的精华甘露，红得透彻，甜得醇厚，可真是色香味美的绝品。这美味，我可以享用到苹果树上的叶子全部掉落，也就是十一月的冬天，直到最后一个幸存的苹果，随着苹果树叶全部掉落，被我捡吃完为止。

我是多么感激那些苹果树呀，它让我从春天挂果开始吃苹果，一直吃到了冬天。一年八个多月摘吃苹果的享受，那是种快乐无比的享受。我怀念我家房后的苹果园，怀念那甜美无比的苹果。

二

我家的房后左右，除了有苹果园，还有年复一年种的柿子椒地，那是我家自留地和生产队的椒地，种得漫无边际的。家乡的柿子椒，不叫柿子椒，叫大辣子，而羊角椒，叫小辣子。大人说，以大小相称，好叫。

家乡的大辣椒，跟很多地方的柿子椒有所不同，大而肉厚，甜而微辣，小的有拳头大，大的有小碗大，它是菜，是调味品，也是水果。是菜，可以炒着吃，甜中透辣，老少适宜；是调味品，把红透了的晒干磨面，炸辣椒油，甜润而香辣，吃多少也不伤肠胃；是水果，它的肉多而甜脆。老家的大辣子与很多地方的柿子椒不同的是，可以由青长红。青的菜味重，不甜，长红了的，碧红碧红，味美。后来才知道，大柿子椒的维生素很丰富。

老家有种大辣椒的历史传统，说种子是从西欧传过来的，极有可能，因为老家是在古代丝绸之路的古道上的缘故。色艳甘甜的大辣子，是我从小到大非常喜欢吃的水果菜。我吃大辣子，喜欢到椒地里吃，是因为椒树很高，有一米多，钻进椒地，坐在椒树下，既清凉又藏身，太阳晒不到，别人看不着。更让我喜悦的是，可以随意挑选红透了的辣子来吃。刚摘下的辣子，鲜脆水大，解渴解饿。尤其是炎热难耐的夏秋中午，我们喜欢在大地里撒野，喜欢在河里游泳，太晒了，玩累了，就钻进椒地吃椒。吃椒吃肉不吃茎，茎辣。椒汁鲜红清亮，吃完椒的嘴唇如血染般红，别人一眼就能看出来。那时的大辣子，是家里和生产队的"摇钱树"；我们孩子家，还是很害怕大人责骂的，一般不敢吃家里的。

老家的大辣子，如同苹果一样，最后一次采摘后，就没人看管了，可以随便出入于菜地。那么多的椒树，很难做到采摘干净，况且摘了大椒有小椒，小椒会一茬茬长成小大椒。所以，不管是上学或做事回家，走渴了饿了，钻进椒地，就可以吃到辣子。

老家的大辣子从六月份挂果，直到初冬季节，只要不把椒树铲倒，总能摘到红辣椒，只是越摘越小而已。所以，我吃椒，是从六月挂果到椒树铲倒为止的，年年如此。自从十八岁离家后，再也没有吃到过那么红、那么鲜的大甜椒了。

三

在家乡，让我长久思念的还有一种美味，那就是麻籽。麻籽是亚麻籽，河西走廊盛产亚麻，籽磨成浆，清香浓郁，味美赛肉。我的家乡种出的麻尤其好，匹长、质好、产量高，是一流的亚麻。长久以来，在武威有句顺口溜，称赞老家的亚麻是当地三大名产之一："马儿坝的西瓜，洪祥的蒜，海藏寺的亚麻赛丝线。"我家就在海藏寺附近，我家种的亚麻，的确如丝线，名扬海外，它使我很自豪。

亚麻是种形似芦苇的植物，甚至长得比芦苇还要高，只是从长出苗到收割，始终是深绿色的。收割的方式很特别，得从地里连根拔出，这样才能保持沤熟后剥下麻丝的完整。每株亚麻能收获小茶碗多的麻籽，这对20世纪80年代以前碗里缺肉的农村来说，它就是比肉还香的肉，也是我们很少吃到肉的孩子解馋的好东西。

麻籽要长到成熟，要能够吃，得到夏末季节，这个时候麻籽已灌浆。站在路边，或坐在麻地，拉过一个麻头，揪下几穗麻籽，放在手掌用劲揉，揉出麻籽，享受麻籽的香美，真如吃到了香美的肉，解馋啊！

麻腐馅饺子、包子，是让人永远也忘不了的食物。奶奶和母亲为让我们吃上麻腐馅饺子，麻籽刚灌浆，就开始打麻头晒麻籽，急于给我们做麻腐饺子了。做麻腐馅饺子，得把晒干的麻籽炒熟，放在石臼窝捣碎，然后把麻腐倒入清水中搅均匀，用很密的纱箩过滤，滤掉麻籽壳，用麻籽浆包饺子。麻籽的油大，香味特别，它的香飘荡在院子，飘荡到巷子很远的地方，诱得人直流口水。麻腐饺子，常以土豆泥为伴，这是因为过滤出的麻腐像豆腐卤，水多，很难跟蔬菜和在一起。土豆泥可以融水，而且同麻籽掺和，不仅保持了麻籽的原始香味，而且馅可大可小，不容易煮破。这是家乡人的聪明，也是一道名吃。在20世纪80年代以前缺肉食的老家，大家经常所盼的，就是吃麻腐馅饺子。所有的武威人，无论离开家乡时间长短，即使成天吃的是大鱼大肉，只要提起麻腐馅饺子来，都会流口水的。如今到武威去的外地人，不吃肉可以，但一定要吃麻腐馅饺子。

种一季亚麻，麻籽炒着吃也好，包饺子吃也好，都可以吃到来年新麻籽收获。这是家乡的代肉品，也是我心中的肉食。

后来，有专家说，麻籽中含有多种氨基酸，不仅营养丰富，而且有增强免疫功能、防癌和抗衰老等功效，使得城里人和领导干部放着肉不吃，却争着吃麻腐食品。可惜亚麻种植越来越少，加上农民也明白这是好东西，大多留着自个儿吃了。

农村，我的家乡，是一个摘不完苹果的摇篮。我的童年和少年时代，是在苹果园里长大的，是在柿子椒、西红柿、黄瓜、香瓜等等菜地旁长大的，是吃麻籽和麻腐馅饺子长大的……

我为何要写这些，是因为我的心中对故乡时常有一种深深的感恩情怀在涌动——在那生活贫困的年代，在肚子经常处于饥饿的时候，园里的苹果、田地里的柿子椒，还有那麻籽，充当了我的面包、美食。想来，这是上天的恩赐和厚爱，也是乡亲们的仁慈和恩典。因而，我赞美农村，赞美我的故乡，赞美我家乡的人，有那么一片沃土，有那么勤劳的人，让我们有了在四季吃不完的好东西。

我在城市生活近三十年了，城市尽管给了我广博的知识、丰厚的收入、现代化的生活，也让我可以吃到四季上市的水果和南北荟萃的蔬菜、米面，比家乡的丰富，甚至更可口，但我仍然喜欢家乡的园子、大地，喜欢家乡的苹果、柿子椒、麻籽，还有那些让我感到摘也摘不完的果菜。我还要在城市生活下去，但在我的心里，农村永远是我的归宿，更是我精神的归宿。

系在心头的怀念

一个人一辈子不知要相处多少人，走过多少条路，住过多少房子，依恋过多少狗和猫，而让人能够长久留在心里，让人能够思念的人、想念的路、留恋的房子和怀念的狗和猫等，那是不多的。如果是哪个人、哪条路、哪棵树、哪座房子和哪只动物让人长久地不能忘怀，那一定是它有着非凡的动人之处的。我从十八岁离开老家在外的四十年，故乡是长久系在我心头的怀念，除了许多人，挂在心里最为浓烈的怀念，要属对我家的那条狗的情感了。

那时我家住在村外，孤零的单家独户。我非常不解和困惑我们家为什么不与村里人住在一起，而要住在村外？村外是孤独的，一出家门是田地、树木、渠沟，不远处还有令人害怕的坟墓。我最怕太阳落山，天一黑，四周尽是树的黑影，虫蛙的叫声，乱窜的禽兽，不知所然的响声。门外的怪影、怪声让人感觉它就出现在我家的房前屋后，惧怕是随时的，就是不出门，家外的各种动静，也会让人心惊胆战，毛骨悚然，每逢夜晚出门，成了我和兄弟姐妹最大的惧怕。

那年，我父亲不知从哪里抓来了一条小狗。那条狗非常精神，黑脊背，灰肚皮，两只耳朵直立着。父亲说是只狼狗。这条狗的确与村里的所有狗不同，它的毛色黑亮油光，而且竖立着，体健形美、矫健得像帅小伙，它让我一下子就喜欢上了。父亲说，养条狗，既看家，又给人做伴，你们晚上就再不害怕了。我瞧着这威风凛凛的小家伙，心里别提有多高兴了，我喂它吃的，我抱它玩，它成了我的伙伴。自从有了这条小狗，我不再担忧夜晚的到来了，也不再害怕夜晚上那院外老远处的黑影飘摇的厕所。我感激父亲弄来了这么一条十分可爱的狗，让我对家门外可怕的环境，减少了几多恐惧。

它叫什么名字来着？四十年过去了，我早已把它的名字忘得一干二净了，但它那威武的体貌，却清晰地在我心里闪现着。那真是一条好狗啊，它的好，体现在两大方面，这也是让我难忘它的理由。一个是它睡觉与寻常的狗不同。一般狗睡觉不是在棚子里就是在避风的屋檐下，想方设法躲藏到舒适的地方，而它却卧在我家院墙的高高的草垛上，不管是冰天雪地，还是寒风凌厉，除了下雨下雪，它会躲避到屋檐下外，其余时间墙头就是它的家，墙头就是它的岗位。

这个以墙头为家的岗位，并不是家人给它安排和示意的，而是它自己选择的。我不理解它为什么要卧在墙头上，而不住在暖和的草房里呢？谁家的狗都在狗棚和草房里过夜，它为什么偏偏选择了这个与房顶平齐的"制高点"，来当作自己的家呢？我对它的举动好奇极了，我爬到它那高高的窝里，学它卧着的样子，体会它选择墙头为家的动机。我发现卧到这个制高点上，能够纵观房前屋后的大部分地方，尤其是能够把通往我家的东西和东北侧小道尽收眼底。它真是条聪明的狗。

它是条血气十足的狗，它从不因为寒冷而畏缩或者躲到什么暖和的地方。深冬的天非常寒冷，我心疼它，怕冻坏它，于是常常把它"叫"到屋里，希望它乖乖地顺从我意，避寒到天亮。我疼爱它，但它往往不"领"我的情，关在屋里，每次都要给我惹"祸"：每当听到外面有丝毫响动，就要撞门往外冲，搅了全家人的觉。它好像很喜欢它那冰天雪地里的窝，每次它追捕完可疑的目标，准会卧到它墙头上的窝里去的，真让我恨它。恨它但又怜悯它，那几个冬天，每天清早，它总是让我不忍目睹：黑毛变成白毛了，它的身上是厚厚的冰霜，让我难受得掉泪。它忠诚得冒傻，我直骂它，我把它"叫"进屋来，给它扫去身上的冰霜，此时的它好像有种英雄的气概，神情很得意地扑向我，十分愿意地接受我的呵护和关爱，并一个劲地摇尾巴来感激我。我觉得这家伙像条汉子，又像个可爱的孩子，很有意思，我把它当作我的弟弟对待了。

另一方面，它是一条忠诚的狗。由于它的忠诚，陌生人、贼，从此不敢靠近我家。陌生人要来我们家，必须老远跟我们家人打招呼，只有我们发出不"咬"的"指令"，它才不再理睬来人。否则，就是谁拿棍子打它，它也会与谁斗到底，为此村上的人都怕它。

也许它的英雄气概和忠诚，害了它自己。一天深夜，它忽然奔出院子，以少有的狂叫，追起什么人来，追得很急、很猛，好像咬住了什么歹人，狂咬声中带着少有的疯狂的怒火。父亲意识到有情况，闻声赶了出去。那是在我家西面的大地上，明亮的月光下，狗正咬住一个扛东西的人死死不放。看来那人肩上的东西很重要，面对凶猛的狗咬，就是舍不得放下肩上的东西，边扛着东西，边抓来石头打狗。狗显然挨了那人的重打，发出了嚎叫声，但也被那人激疯了。只见它一个猛扑，不知咬到了那人的什么地方，那人发出一声惨叫，猛然扔下肩上的东西，撒腿而跑。狗紧追不舍，眼看又要咬到那人的腿了，父亲急忙向狗大吼，狗才不情愿地停住了追咬，那人转眼间就不见踪影了。

那人扔下的是什么东西？原来是架子车的下脚——整套轴和轮。父亲把它扛回了家，它是八成新的，这在当时是一般家庭买不起的。这架子车下脚究竟是那个人的，还是那人从哪里偷来的，父亲一时难以判断。不过父亲说，这个架子车下脚如果是那个人自己的，他会找上门来要走；如果是偷来的，他就不会来要了。果然没人来要弃物。但父亲很快就搞清楚这个架子车下脚是谁偷的了，因为那人的脚印留在了雪地上。我父亲沿着那人的脚印，查到了架子车下脚原来是从公社后院的一个公家的架子车上扒窃下来的，而且我父亲也沿着脚印查到了是村上谁偷的。偷，对于那个贫穷的小伙子来说，是无奈，父亲虽然是生产队长，但没有向谁说出偷车人是谁，只是把车下脚还给了公社完事。

但这事竟然没有完，那个偷东西的人，由于我家狗的追咬，使他的偷窃没有得手，而由于我父亲的出现，使他失去了这个横财。原来他在记恨我家的狗，也在记恨我父亲呢，于是他寻机报复。报复人，他没有胆量，我父亲不是好惹的，于是他对狗下了毒手。一天天亮的时候，这个人把我家的狗引诱到很远处，用刀，也许是用红缨枪，捅到了狗的腹部，捅得很深。狗大声惨叫地跑回家来的时候，身后尽是血。它已流了许多血了，奄奄一息的它，卧在了家里的屋檐下，眼里流出了泪水。家人不知道怎么才能救它，刀口太深了，谁都束手无策。我急得直哭，我抚摸它，我喂它馒头，它吐了出来。要是平时喂它，它就会抢着吃，而且吃得很快很香。我感到它非常难受，我不停地抚摸它的头。我的抚摸好像减轻了它的疼痛，它努力地睁开眼睛看着我，在感激的神态中流露着极度的痛苦。不久，它闭上了眼睛，而且任我如何抚摸它，也只能很长时间才勉强睁开一次眼睛看我。我想它是太困乏了，不要打搅它吧，让它好好睡上一觉，它肯定会好起来的，它是不会死的，我当时坚信。然而，自从它挣扎着看了我最后一眼，它再也没有睁开过眼睛，不到中午的时候，它突然口吐白沫，一阵抽搐之后，没有声息了，我一摸，它身体发凉了，再不一会儿，身体完全冰冷了。它死了，我和家人伤心地哭了。

这条狗的离去，给我带来了极大的孤独和伤感。从此我家没了看家的卫士，在家或走出家门，却感到危机四伏。事实也是这样，白天时常有陌生人闯进我家来，晚上总觉得有人躲藏在了我家的什么地方，而且还出现了丢东西的可怕现象。父亲很快又买回来一条狗，但这条狗胆小怕事，卧草房、睡懒觉，家门以外的事，不爱搭理。这让我更加想念起那条狗来。

自从那条狗离去，我记恨上了一个人，就是偷架子车下脚的那个村里人，父亲曾告诉我那人是谁。我憎恨死那个人了，每当路过他家，我就往他家房顶扔石头，或者扔东西砸他家的墙；见到他，我总是把拳头握得咯咯响，就想抢他那张驴脸。尽管我对他愤恨的火苗在心里喷发，但我不敢向他动手，我知道弱小的我打不过他。这种仇恨一直埋藏在我心里，心想早晚有一天我会为我心爱的狗报仇的。我诅咒他倒霉，没想到不久他就被强人打了，头上被砸了个大洞，成了半个废人。这虽然是巧合，但我暗暗高兴，心想他真是应了"恶人有恶报"的俗语，总算得到了惩罚。我认为这等于也替我家那条狗报了仇，我不再那么记恨他了。

仇恨可以忘却，但系在心头的怀念难以忘却。那条狗，那条我忘记了它名字的狗，它是我童年生活的一部分，是给我带来快乐、幸福的一部分。它让我懂得了什么是忠诚、执着、坚韧和勇敢，它教给了我如何做到忠诚、执着、坚韧和勇敢，它的一种精神风格，竟然影响和鼓舞了我几十年。我怀念那条狗，怀念我家那条男子汉十足的狗。

奶香醉人

在每天的生活中，我感到有一件很幸福的事情，就是喝牛奶。

我是从什么时候开始喝上牛奶的？大约是20世纪80年代中期，也就是快三十岁的时候吧。那时在银川，女儿的早餐必须有牛奶，当时商场没有牛奶，更没有袋装的奶，喝奶得到奶厂订，是散奶。牛奶是挤出不久的鲜奶，很稠，奶熬开上面结有很厚的奶皮，且有很浓的奶清香味。

送奶员每天清晨把奶送到巷子，喊"打奶子了"，听到喊声就下楼取奶，听不到或不来取，不候。送奶员是个有兰州口音的妇女，尽管她嗓门粗大，但我常有听不到的时候；尤其是冬天，天亮得迟，不是睡着了就是门窗关得太严，听不到叫声便错过打奶的时间。因而那些年的每天清早，我不能睡过头，否则要么女儿没有奶喝，要么我就得骑自行车到很远的巷子追送奶员。为了女儿，也为了我能喝到牛奶，哪怕是冰天雪地和大雨瓢泼，我都要追找，有时候竟然把送奶员追到很远的奶厂。我感到很值得，一碗牛奶，一块茴香饼，女儿喝得香，我吃得香。整个上午，女儿不闹饿，我精神，觉得牛奶很补养身体，是吃食中再好不过的东西了。

我之所以认为牛奶是最好的吃食，是感到奶是除了肉之外，吃了最经饿的东西。对我而言，还有一点，奶，能让人回忆起童年的幸福。我母亲说，我是姐弟六个中吃她奶最长的一个，所以要比他们胖，身体好。我问她，我吃了多长时间母奶？她说吃到快三岁了。我不信，我说我生下来正是全国三年自然灾害时期，你们说家里啥吃的都没有，靠吃煮白菜根活命，你们的肚子都饿着，我怎么可能吃上你的奶呢？母亲说，那时她年轻，我有福气，虽然她吃的是菜根和麸皮，奶我却没有断，奶我奶到了三岁。她说那个年代村里饿死了很多人，村外和县城的马路边，躺有很多饿死的人，尤其是1960年、1961年，村里每年饿死的有好几十人。据说，粮食稀罕到一个烧饼可以换回一个媳妇的程度。在饥荒如此严重的情况下，母亲竟然还能生出奶水，母亲竟然不顾自己日渐虚脱的身体，一直用奶水哺养我。母亲说，我是快到三岁时断的奶，不断不行了，全家连麸皮都吃不上了，她身体浮肿得越来越厉害，想来恐怕活不过去了，其实奶水也快干了，得让我断奶喝菜汤，不然我会被饿死。母亲说得虽然很轻松，却让我泪水涟涟了。直到现在，我想起母亲在那样困境下哺我奶水的爱来，仍然泪水不止。

我额头上有个长口子，是一个缝有十二针的伤疤，这与断奶后极度饥饿有关。母亲说，那年我断了奶，只有同大人一样喝菜汤填肚子；菜汤苦涩难喝又不经饿，我死活不愿喝，要奶吃，她已经没有奶水了，我被饿得直哭，哭累了睡着，醒了就闹吃奶，奶头快被我吸破了，没有一滴奶。吃不到奶水，我哭得更厉害，但她没办法，全家人快饿死了，哪有吃的喂我，我只能靠菜汤养命了。有一天，大人不在家，可能是我饿极了，睡醒了觉的我，在炕上乱爬，结果头栽到了地上。我的头正巧跌到了地上的石片上，血流不止，伤口的肉往外翻，把她吓坏了。她和我父亲赶紧抱起我，拼命往县医院跑，十里路，小跑，肚子既饿又身体浮肿难受，送到医院，差点把她的命要了。幸亏送得快，医生缝了十二针才把血止住，总算把我的命救下了。母亲说，当她从医生手里接过我，我身体软得像面团，非常可怜，多想让我吃口奶，但奶头里没有奶。尽管没有奶，她还是把奶头塞到了我嘴里，我吮不到奶但又哭不出声，让她心酸得哭了一路。母亲说，那时候有牛奶，或者有点奶粉也就好了，也不至于把我饿成那个样子。

我从三岁断奶，到后来喝上鲜牛奶，期间有二十多年没沾过奶的滋味了。吃母亲奶的甜美幸福，虽然没有留在记忆中，但对奶的渴望，有着本能的冲动。上小学的时候，班里有个同学叫姚文年，胖乎乎的，一身的羊奶腥味。他是喝羊奶长大的，直到小学毕业，他几乎每周都能喝上一两次羊奶。事实上，后来他也在喝羊奶，十多年全家都在喝。我每当闻到他身上的羊奶腥味，就有种羡慕和嫉妒。

他家养有三只山羊，一公两母，母山羊的奶头吊在后腿间，像个大皮球，里面尽是羊奶。他每天放学和不上学的时候首要的事，是拉着他家的三只白山羊，在田间地头放。他家是全村唯一养奶山羊的人家了。可能是喝羊奶的缘故吧，他们家的人都要比别人脸色润些，身体胖些。那时我想，他们家哪来的山羊呢，为什么我家不养只产奶的山羊呢，那样就可以喝到奶了。

直到喝上牛奶才明白，牛奶的营养价值很高，而母乳的营养价值是牛奶无法比拟的。医学家说，吃母乳长大的孩子，要比喝牛奶长大的孩子发育健全、身体素质好，所以提倡母乳喂养孩子。可惜很多年轻的妈妈们，为了自己的身材苗条，从孩子出生就以牛奶代替了母乳，造成了孩子先天营养不足。我感谢我的母亲，在饥荒年代、在自己身体浮肿的情况下，依然坚持喂了我三年的母奶。

女儿只吃了九个月的母奶，基本是喝牛奶长大的。她出生的年代是牛奶、面包的年代。她是从没有挨过饿的，是把牛奶视为米饭、馒头一样非常平常的东西看的。但在我的眼里，牛奶是金贵的东西，我希望她多喝。可她从小到大，对喝牛奶显得很不耐烦，很多时候，为了让她多喝口牛奶，我哄她，有时逼她，甚至还跟她急过。三年前，她到外地读大学，我送她到学校。学校的饭菜哪能跟家里的比，我生怕她每天喝不上牛奶，要给她买几箱袋装奶放到寝室，她不要。我执意要给她买，她竟然跟我急，搞得我很生气。离开她时，我一遍遍叮嘱她，牛奶有营养，每天别忘记买它喝！她显得很烦，使得我很担心她的营养。

女儿从北京到南方读书，学校的饭菜不可口，是肯定的事，她消瘦了很多。我每次给她打电话，几乎都要问，你每天在喝牛奶吗？她说有时喝有时不喝。我为此很着急，就反复叮嘱她：买牛奶喝，一定要做到！其实她做不到。她告诉她妈，她不太喜欢喝牛奶。我只能心里着急，人家不想喝，我有什么办法呢。

两年前，我出差顺便去看女儿，我看她身体很瘦弱，显然是没有吃好。临走时，我按一学期每天早晚各一包牛奶计算，买了六箱牛奶和好多饼干给她送去，结果她很不高兴。她推说寝室没地方放，怎么说都不要。我说，奶可以放到床下，饼干也占不了多少地方。我要给她把牛奶搬到寝室，她坚持不要。僵持了好一会儿，她说牛奶放下，但饼干没处放。无奈，我把一大包饼干送给了司机。

女儿虽然收下了牛奶，但她是很不情愿收下的。她随即打电话给她妈数落我，买这么多牛奶，给她添多少麻烦！放假回来，我问她，给你买的牛奶喝完了吗？她说，我能喝那么多吗，你把下学期的都买了！气得我无话可说。

能喝到牛奶的日子，我感到是最幸福的日子。尤其是袋装牛奶的普遍销售，使得喝牛奶更方便了。出门带袋牛奶，饿时喝，既解饿又解渴；晚上加班饿了，喝袋奶，有营养还催眠。我时常想，如今的人们，活在一个多么幸福的年代，走进商场，各种品牌的牛奶，各种奶制品，码得如山一样，想喝多少就能买到多少，想喝哪种口味都有，多爽！虽然现在的牛奶，没有我在银川时喝的散奶那样香浓，但全国十多亿人，喝牛奶如买馒头一样方便，是了不起的事情。我感到我每天能喝到一袋奶，是很好的生活了，我很知足。